異域搜查師 1

奇異新拍檔

關景峰 著

新雅文化事業有限公司
www.sunya.com.hk

這是魔幻偵探所五年後的世界……

人類世界偶然會發生一些離奇罪案，其實很多是由魔怪主導！魔怪的形態眾多，包括吸血鬼、騎士、鳥獸等，大都是由一些離世時充滿怨恨的人類演變而成。

警察面對魔怪罪案都要向魔法師求助。英國倫敦就有一家由南森博士創辦的魔幻偵探所，他們多年來偵破了一宗宗的案件，把市內魔怪幾乎掃光！

而南森在解決《古鏡》一案後，自感年事已高，因而退休並把偵探所交給海倫和本傑明。兩位年輕主任接手後也不負所託，成功辦理了多宗案件。

某日，海倫主任受到了警察的秘密委託。原來在不為人知的異域，正在醞釀着一個驚世陰謀……

目錄

第一章

飛行丸

傍晚的街道，路燈還沒有點亮，天則是陰沉的，街上的行人不多，一些店舖裏射出來的桔黃色的燈光，鋪灑了在地面上。

海倫沿着巴斯克街向前走，路上幾個行人似乎都不懷好意地盯着她。海倫加快了腳步。前面有一條小巷子，海倫走到巷口，忽然，一個身影閃了出來，攔住了海倫，海倫猛地站住，拳頭握了起來。

「噢，姑娘，看起來你有些緊張呀。」一個瘦瘦的男子，穿着一身舊衫，他的手裏拿着一個盒子，「我這裏有飛行丸，只要吃上那麼一粒，你就能飛起來，最少飛一千米。我們這裏的人總歸要和魔法師打交道，你想想，當魔法師來找你麻煩的時候，吃上一粒，你就能飛走了，魔法師可追不上你呀。我有很多種藥的，最近這款飛行丸正在搞促銷……」

「你賣的是禁藥。」海倫看着那人，嚴厲地說。

「噢，你說得可真難聽，這些藥的審批只不過是未通過，也許一萬年後就通過了。」那人嬉皮笑臉地說，「看看你，可真夠嚴肅的，你又不是警察，而且這個鎮子可是沒有警察的，只有魔法師聯合會的那幾個笨蛋……」

「誰跟你說我不是警察的？」海倫說着掏出警官證，在那人面前亮了出來，「現在，你被捕了……」

那人先是一愣，隨即轉身就跑。海倫追上去一步，當場就揪住了那個人。那人回身就是一拳，海倫用手一擋，只聽「啈」的一聲，那人捂着胳膊叫了起來。海倫上前一步去抓他，他忽然一抬手，一股毒煙猛地從他手中噴射出來，海倫連忙閃身。

「凝固——」海倫跳到一邊，指着那股煙

霧，唸了一句魔法口訣。

煙霧頓時凝固住，在空中停了一秒，隨後掉在地上，摔成了白色片狀物，散了一地。

那人轉身就跑，海倫追了上去，一下就揪住他的衣領。

「喂，喂，你是哪來的警察，你還管這閒事……」男子掙扎着説道，「啊……脖子都快斷了……」

「你帶路，去魔法師聯合會。」海倫按着那人的脖頸，推了他一下。

「去那裏嗎？我聽説那裏的囚室已經客滿了，我們就不要給他們找麻煩了……」那人不甘心地説。

海倫沒理他，押着他往前走。男子很無奈，順從地把海倫帶到了春天鎮的魔法師聯合會。魔法師聯合會是一所不大的兩層獨立樓房，四面有圍牆，聯合會大門緊關着，大門的上方，有一個大概一米長的長翅飛龍雕像很是顯眼。海倫押着那人走了進去。

「呼——」的一聲，海倫他們剛走到門前，門上方的長翅飛龍忽然活了，牠扇動翅膀飛了下來，一個龍爪伸出來，擺了擺，攔住海倫，隨後長翅飛龍開始繞着海倫和那個被抓到的男子飛。

海倫愣在那裏，不過看到長翅飛龍只是繞着自己飛，沒有半點攻擊的意思，所以就順從地站在那裏。

長翅飛龍繞着兩人飛了三圈，隨後升空，牠懸浮在半空中，另一隻龍爪伸向嘴巴，仔細一看，原來龍爪裏還抓着一部對講機。

「安全，兩個人類，一男一女，不是魔怪。」長翅飛龍在和聯合會裏面通話，「可以開門，不過那男子看上去不像什麼好人，但沒什麼攻擊力。」

「我怎麼不像好人！我是個街邊生意人，我非常勤勞……」那人立即大叫了起來。

大門打開了，原本海倫還想去拉門的。看來

安全，兩個人
類，一男一女，
不是魔怪。

這裏的防範還是很嚴密的。長翅飛龍此時飛到大門上，又變得像個門上的浮雕了。海倫押着那個人，走進了大門。

「蘇格蘭場的魔法警察，我叫海倫。」海倫一進門，就看見一個金髮男子坐在前台，她按了一下藥販子的肩膀，那人連忙站住，「我來春天鎮執行公務，這個傢伙向我兜售禁藥，還用毒煙攻擊我。他是人類，偷學了幾招巫術，還有，他賣的藥也是假藥……」

「你怎麼知道的？」那人扭過頭，瞪大眼睛問。

「你自己説的，吃了你的藥能飛一千米，誰都追不上，結果你也沒吃。」海倫猛地一推，把那人轉交給金髮男子，「我先去鎮長那裏。大概明天，我還是要來你們這裏的。」

「我聽説蘇格蘭場新組建了魔法警察部隊，現在算是見到了。」金髮男子把藥販子往裏面押，回頭看了海倫一眼，「我們這裏最近可是很忙呀……」

海倫離開了魔法師聯合會，向春天鎮的政務廳辦公樓走去。

兩天前，海倫——倫敦魔幻偵探所的當家偵探，被倫敦警察廳的廳長找去。廳長告訴海倫，在英國，有十個鎮子，每個鎮上都居住着罪行較輕、而關押後被釋放的魔怪。每個鎮上，也有魔法師聯合會管理着這些魔怪；另外的居民，則由人類組成。這些人類也分兩種，一種是沒有犯罪或者罪行較輕而被釋放的巫師；另一種就是普通人類，不過這些普通人類，大多也練習過魔法，稍微掌握一些法術。

這些鎮子都隱秘在全國各個角落，多在森林、峽谷深處，與世隔絕，外人極少進入。因為有魔怪和巫師居住，治安情況並不好，這樣的鎮子被稱作「異域」。這些鎮上的人類居民可以出鎮，魔怪和巫師也有偷偷出鎮的，只要沒有在外面違法犯罪，也不會被處罰；而異域外的人類極少來此居住，大多數人甚至不知道異域的存在。

異域算是一個灰色地帶。警察不會魔法，所以無法管理這樣的小鎮，全靠魔法師聯合會管理。最近，異域中的幾個小鎮，特別是春天鎮，出現了不明異動，首先是鎮上有兇案發生，有魔法師被害，偷襲魔法師的事件也時有發生。小鎮本身盜賊橫行，有失控狀態。在春天鎮不算很遠的紐卡素市，連續發生的兩宗案件，調查也發現兇犯是來自春天鎮的。春天鎮上的魔法師聯合會面對這樣的情形，本身人手就少，還不時遭到攻擊，完全應付不過來。

警察總部早想成立魔法警察部門，召集能力強大的魔法師，成為能處理魔怪案件的魔法警察，這樣警方就能直接管理異域了。警察總部因此責成倫敦警察廳組建魔法警察部，統管各地異域。海倫和多名魔法師被選中，她要結束在倫敦魔幻偵探所的工作，前往春天鎮，找出禍亂源頭，讓正義力量重新掌控該鎮。而魔幻偵探所依舊要處理各地乃至全球的魔怪案件，因此偵探所的另一名成員本傑明繼續留守工作。

海倫今年十七歲，高高的個子，金色頭髮，她機智靈活，魔法高超，在魔幻偵探所裏工作了近六年，破獲過許多重大魔怪案件。海倫匆匆地入職魔法警察部，現在已經是一名督察了。

海倫匆匆趕到春天鎮，這個鎮子就在紐卡素西面數十公里的茂密森林中，沒有任何一條道路通往外界，海倫是從高速路走進密林，在倫敦警察廳指揮中心的衞星導航下才來到這個鎮上的。倫敦警察廳，也被大家稱作蘇格蘭場。

春天鎮的政務廳就在一所城堡一樣的建築中，利斯特鎮長還未下班，他在二樓的辦公室，正等着海倫。他個子不高，目光深邃。他是普通人，不是魔法師，僅僅了解一些魔法。

「海倫小姐，你比約定的時間晚了一小時。蘇格蘭場通知說你五點到。」利斯特鎮長的言語中帶着明顯的不滿意，「怎麼，遇到麻煩了？」

「我來的路上，快要進鎮子的時候，森林下着小雨。應該是河水上游下着大雨，河水漲起來，把原本的橋淹沒了。我稍微繞了一小段路，找到一根搭在河道上的圓木走過來的，圓木還沒有被完全淹沒。進鎮後，又遇到一個賣假藥的，還試圖攻擊我。」海倫解釋道，「我已經把他送到魔法師聯合會了。」

「噢，這個鎮子現在全都亂了，以前可不是這樣。」利斯特擺了擺手，「很高興蘇格蘭場派你來，我可真是控制不住這個鎮子了。作案的那些傢伙全都蒙面，至今他們是誰都不知道……啊，你一個人可以嗎？警察廳不是說還要再派一個人來協助你嗎？」

「他還在路上，你知道我們這個部門剛剛組建。」海倫說，「利斯特先生，說說最近的情況吧，聽說有一名住在鎮上的魔法師被殺了？」

「老哈里森，早就退休了，最近這裏很亂，他出來幫忙維持治安，也許是他有了什麼發現，結果幾天前在家中被殺了。」利斯特很悲傷地說，「魔法師聯合會的會長迪克去到現場，初步報告提交給蘇格蘭場了。」

「既然這個案子案發時間這麼近，我想就從這個案子查起。」海倫直接說。

「可以。」利斯特點了點頭，「你還是要去一趟魔法師聯合會，讓迪克帶你去現場。噢，你要記住，這次你來的行程，只有我知道，魔法師聯合會的人都不是特別清楚。你在這個鎮上盡量隱蔽行事，萬一身分暴露，作案者發覺魔法警察介入，那他們可就有針對性動作了，你的人身安全也有危險。」

「我明白。」海倫點點頭。

「你一個人勢單力薄，你的那個搭檔，怎麼還不到呢？」利斯特關切地問，「按照魔法部的要求，他要先和你會合，受你的領導。你們以前不認識嗎？」

「從來不認識，只知道他大概二十歲。不過

你放心，他不會找不到我，我在旅館住下就會向總部指揮中心發送定位，指揮中心會通知他，我們約定的見面證物是一張撕開的撲克牌，我們各持一半。」

「那就好。」利斯特説，「你住春天旅館，我給你安排好了，這是鎮上唯一的旅館，只有五個房間，你知道沒什麼人來這個鎮子。」

利斯特把地址給了海倫，海倫又坐了幾分鐘，隨後離開了。她要先安頓下來，還要向指揮中心彙報自己已安全抵達。

從政務廳出來，天已經完全黑了，街邊的路燈都亮了起來，從眼前看，這裏還是很安靜的，不像是個危機四伏的地方。關鍵是街上一個人也看不到，所以很安靜。

春天旅館，一個叫艾曼達的女士接待了海倫，她是這家旅館的經理，看上去有些絮絮叨叨的，反覆問海倫的身分。海倫當然不能告訴她自己執行的是秘密任務，她説自己是來這個鎮子做魔藥生意的——那種合法的魔藥。

艾曼達說旅館裏只有一個客人，海倫是第二個，她被安排到了二樓，旅館的一樓有兩個房間，二樓有三個房間。海倫入住了最外面的203號房，她打電話通知了指揮中心，報告了自己的方位。指揮中心的諾恩警司回覆她說，她的搭檔——湯姆斯已經快到春天鎮了，他會前來與海倫會面，今後他們就要一起並肩作戰了。諾恩警司是新成立的魔法警察部的部長。

海倫此時只想去睡一會，這一天她實在有些累了，連晚餐都不想吃。

海倫躺在牀上，昏昏地睡了過去，大概一個小時後，她聽到有人敲門。看來是湯姆斯來了，沒想到他的速度這麼快。

海倫連忙起來去開門。門開後，一個年輕、瀟灑、一頭金髮的男子站在門口。

「你好，請進。」海倫立即說，「是湯姆斯吧，你來的可真快，我以為你還要再過一個小時來呢，沒遇到什麼麻煩吧？」

「一切都好。」湯姆斯笑了笑，「只是來的路不好走，我在森林裏轉了好半天才能進來。進鎮後就直接來到這裏了，啊，海倫，久仰大名呀……」

海倫從口袋裏掏出一張撲克牌，然後看着湯姆斯，湯姆斯立即點了點頭，手伸向了口袋。

湯姆斯的手很快就從口袋裏拿了出來，他手上也有一張撲克牌，不過是撲克牌的背面。海倫抬起手，要和他的撲克牌拼接上，完成接頭的動作……但是，湯姆斯的手突然變成一副鐵手，手指尖變得又長有鋒利，湯姆斯抬手直刺海倫的脖頸！

機密檔案1

關鍵人物

海倫

17歲。前倫敦魔幻偵探所成員，在創辦人南森退休後成為主任，多年來破獲許多重大魔怪案件。今次被委託來到異域執行任務。

諾恩警司

新成立的魔法警察部的部長，常駐在指揮中心。是海倫身處異域時的重要聯絡人。

利斯特

春天鎮的鎮長，平日在政務廳工作，是海倫來到異域後第一個約見的重要人物。他不是魔法師，僅僅了解一些魔法。

哈里森

在春天鎮被暗殺的退休魔法師。最近鎮中出現亂象，魔法師成為攻擊目標，他正是這裏第一名遇害者。

第二章 過期藥物

海倫似乎是有所防備，她連忙一閃，躲過了攻擊。

「飛盾護體——」海倫喊出一句魔法口訣。

海倫面前，出現了一面遮蓋住身體的盾牌，盾牌呈狹長狀，而且是懸浮在空中的。這時，湯姆斯的手再次揮了過來，只聽「噹——」的一聲，湯姆斯的鐵手就像是插到了鋼板上，一道火花飛起，湯姆斯的手被彈了回來，他吃驚地看着海倫前的盾牌。

「噹——」的一聲，海倫突然從盾牌後閃身，打中了湯姆斯，湯姆斯的身體飛了起來，重重地撞在了牆壁上。海倫上前一步，飛起一腳，湯姆斯連忙躲避。

海倫沒有踢中，她轉過身子，想要再次發起攻擊。站起來的湯姆斯雙手抬起，一股濃霧突然

飛盾護體——

出來，海倫頓時什麼都看不清楚了，濃霧中只聽到一聲開門聲，海倫兩手撥動，驅散迷霧。濃霧漸漸淡了下去，海倫勉強看清四周，沒有看見湯姆斯，他應該是借着濃霧逃跑了。

那面飛盾一直環繞在海倫身邊，海倫揮揮手，收起了飛盾走出房間，房間外濃霧淡了很多。海倫望向走廊的窗外，隨後走到樓梯，她向下看了看。這時，一個人探出了頭，原來是艾曼達。

「你們要是打架，我會去報告魔法師聯合會的！雖然他們最近過得也不怎麼樣。」艾曼達很生氣地說，「我知道，你們都不好惹，但是我也練習過魔法，而且這裏受魔法師聯合會保護！」

海倫也沒法向她解釋，那個湯姆斯已經逃走了，海倫也無法追趕。她只能回到房間裏，把剛才打鬥時被撞倒的椅子扶起來，收拾了一下房間。剛才前來接頭的那個湯姆斯一定是假冒的，自己前來春天鎮的情況暴露了，已經有殺手來刺殺自己了！海倫坐在椅子上，想了一會，把剛才的情況報告給指揮中心。諾恩警司十分震驚，他告訴海倫千萬小心，同時開始調查可能的洩密點。

海倫站起來，走到窗邊，看着不遠處的一片樹林，也許，剛才那個殺手就是從那片樹林逃走的。她也在分析哪個環節出了紕漏，令自己的行蹤和身分暴露了。

正在這時，門外傳來敲門聲，海倫連忙走到門後。

「哪一位？」海倫今次謹慎地問道。

「是海倫嗎？我是湯姆斯。」門外傳來一個聲音。

海倫一驚，不過她還是小心地打開門，只見門口站着一個十一、二歲的小男孩，很是不好意思地看着海倫。

「你？湯姆斯？」海倫大吃一驚，因為她得到的通知，湯姆斯二十歲了，而眼前站着的自稱湯姆斯的人完全就是個未成年的人。

「噢，對了。」小男孩笑笑，隨後把手放進口袋裏，「我有撲克牌……」

小男孩的手還沒有拿出來，海倫一拳就打了過去。

「又來這一手，還變成個小男孩來騙我！」

小男孩慌忙躲閃過海倫的拳頭，緊接着，海倫一腳又踢了過來，小男孩後退到走廊上，海倫跟了出來。

「要打架出去打——」艾曼達的頭從樓下探了出來，她很是氣憤，「不想在這裏住就快走，別給我找麻煩——」

「海倫，你聽我解釋，你聽我解釋——」小

男孩把半截撲克牌掏了出來，拿給海倫看，他很是急切，「我真的是湯姆斯，出現了一些小問題……」

海倫看到那半截撲克牌，停止了攻擊。

「你聽我解釋呀，我也不想這樣的……」小男孩把半截撲克牌伸向海倫，「我真是湯姆斯，只不過我把自己個子變小了……」

海倫掏出自己的半截撲克牌，和湯姆斯的撲克牌對接，完全是嚴絲合縫的。這正是一張撲克牌被撕成了兩半，一半在海倫這裏，一半在小男孩那裏。

海倫疑惑地看着小男孩，收起了自己的撲克牌，從接頭方式上看，沒錯，這就是湯姆斯，但是這明顯是個孩子呀。

「我來的路上，下着雨，河水淹沒了橋，我原想順着河走一段，看看有沒有別的橋可以過來。可是我不想走遠路，就想飛過河。我知道這樣的飛行很耗費魔力，但我就是不想走路。」小男孩比畫着說，「然後我就飛過河，可是過了河，我就發現有兩個男人跟着我，好像要攻擊我一樣……」

「有人要襲擊你嗎？」海倫問道。

「我感覺是，這個地方可是很險惡呀。」湯姆斯聳聳肩，「可我也不能走上去問，『嗨，你們是在跟蹤我嗎』，我也不想和他們發生衝突，我還要和你接頭呢，所以我就想先擺脫他們……我走進一條巷子，想變成一個孩子，這樣他們就失去目標了。可我沒有咒語變身的能力，於是就拿出紅藍變身藥……」

「紅藍變身藥？你用三百年前的變身藥？那是第一代變身藥吧？」海倫驚叫起來。

「要節約呀，不是每個人都像你這麼有錢，我知道你這倫敦人有錢，可我是康沃爾的鄉下人。」湯姆斯擺了擺手，「我就先吃了一粒紅色的藥丸，果然馬上變成了一個孩子，就像我現在這樣。我走出巷子，那兩個人從我身邊走過，沒認出我來，然後我跑到另外一個巷子裏，吃了藍色的解藥。按照說明書上的用法，三秒鐘後我就能恢復原形了，可是……」

湯姆斯指了指自己，雙手一攤。隨後，他從口袋裏拿出來一個古老的瓶子，那瓶子不大，蓋子是木塞的，瓶子上有個標籤，上面有文字。

「你看看吧，藥物過期了。」湯姆斯似乎若無其事地說，「我忘了看保質期了。」

海倫接過瓶子，看着上面的標籤。

「……保質期，紅藍丸均為兩百年……這麼說，這藥丸都過期了一百多年了……」

「紅丸品質真不錯，過期一百多年還有效，只不過藍丸有點問題。」湯姆斯又聳聳肩。

「說得可真輕鬆，這點問題就是你變成一個孩子了。」海倫皺着眉說，「一小時內不服用有效的藍色藥丸，就很難變回來了。」

「你別擔心，我都不擔心，我彷彿回到了過去，我的青春歲月。」湯姆斯說着還緊握雙拳，目光充滿回味，「讓我先保持一下，這樣沒什麼不好的。現在是找不到藍色藥丸了，過些日子，我終歸能找到其他解藥的，那樣就能變回來了。」

「但願吧。」海倫歎息地搖了搖頭，「為什麼這第一代變身藥丸很快被淘汰，就是因為要兩粒配合使用太繁瑣，萬一出差錯，解藥也不好找。以前有個人也是丟了藍色藥丸，試過很多解藥，都不行，好像過了十年才找到解藥。」

「你說得太誇張了……哈哈哈……」湯姆斯大笑起來，不過他臉色一沉，「你說的是真的嗎？」

海倫點了點頭。湯姆斯則看了看手錶。

「一小時的時間已經過去了。」湯姆斯說，「說什麼也晚了，我只能用現在這個樣子和你搭檔了，我一定會找到解藥的！法國巴黎旁邊，也有這樣一個異域，裏面住着一個耳朵一隻大一隻小的老頭，什麼魔藥、解藥都有，據說是祖傳一百代了。」

「這種傳說很多，我畢竟都沒有見過……哎，反正目前你都要以這樣的狀態工作了。」海倫搖了搖頭，隨後又點點頭，「好吧，這樣可能會對你起到一種掩護作用——蘇格蘭場不會讓一個孩子當警察的……我們現在這個處境並不好，就在你來之前，有人假冒你來和我接頭，被我識破了，我們打了幾下後，他跑了。」

「什麼？」湯姆斯叫了起來，「假冒我？你怎麼識破他的？」

機密檔案2

關鍵人物

湯姆斯

20歲（?）海倫在春天鎮被安排的搭擋。指揮中心明明說他在康沃爾郡魔法師聯合會工作，並有豐富工作經驗，但出現在眼前的只是一個小男孩。

關鍵證物

被撕開的撲克牌

被一分為二的紅心K，是海倫在異域跟搭檔的見面證物，二人各持一半。小男孩的半張牌真的可以跟海倫的拼在一起，證明他是真的湯姆斯。

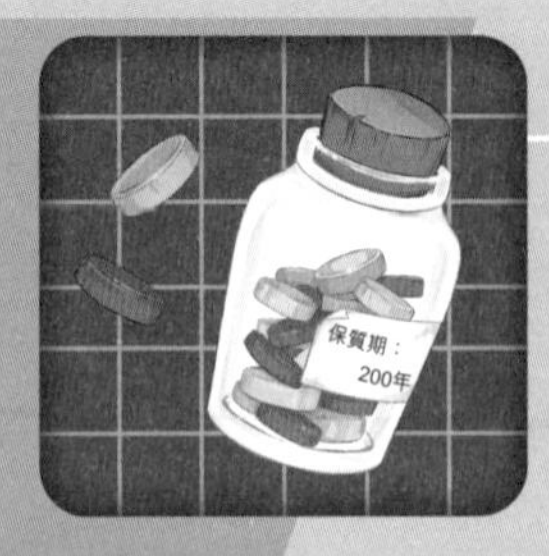

紅藍變身藥

吃下紅色藥丸可變身，吃下藍色解藥三秒後就可恢復原形，方便不懂變身咒語的人服用。切記保質期只有二百年，吃下過期藥物後果嚴重。

第三章 圍攻

「我進來時，森林裏下着雨，是很小的濛濛細雨，也不用打傘和穿雨衣。我看了手機上的天氣預報，雨要下到明天早上。」海倫説，「假冒你的人説自己剛從森林來，但頭髮、身上完全是乾的，所以我立即判斷有詐，果然他突然攻擊我……你就不一樣，你頭髮現在還是濕的。」

「你可真厲害！」湯姆斯摸了摸自己濕漉漉的頭髮，「不過，這説明我們的行蹤暴露了呀。誰會洩露我們的行蹤呢？」

「不知道哪個環節出了問題，指揮中心才知道我們兩個的行蹤，還有就是這裏的鎮長。」海倫語氣很沉重。

「也許是鎮長身邊的人。」湯姆斯判斷説，「現在我們該怎麼辦？」

「你先在這個旅館安頓下來，樓下還有空房

間，一定要小心刺客。」海倫說，「還是從魔法師哈里森遇害案查起，這裏的魔法師聯合會會協助我們，遇害案一定和這裏所有奇奇怪怪的事情有關聯。」

「我懷疑這個鎮上隱藏着一個大魔怪，它想掌控這個鎮子，所以要剷除掉鎮上的魔法師聯合會；同時它勾結那些本質上還是很壞的被釋放魔怪，應該也有巫師，想把這個鎮變成它們的魔怪巢穴。」湯姆斯認真地說，「我們兩個要是不來，這個鎮子真是沒救了。」

這個旅館的樓下還有一個空房間，湯姆斯住進了那裏。海倫叮囑他一定要做好防禦，因為剛才已經有刺客上門了。如果又有刺客，他倆都要大聲呼叫，對方就會來支援，不過要是兩個刺客一個樓上一個樓下，那海倫和湯姆斯只能各自應對了。

一夜無事，刺客沒有再次上門。

第二天一早，海倫和湯姆斯就去了魔法師聯

合會，他們要找的迪克是這裏魔法師聯合會春天鎮分會的會長。到了聯合會大門口，臥在大門上的長翅飛龍看到了海倫，身體動了動，牠拿起了對講機。

「昨天來過的魔法警察，叫海倫的，帶着一個小男孩來了，小男孩也是人類。」

大門發出「咔」的一聲，明顯是開了。

「我不是小男孩！」湯姆斯走進大門前，抬起頭，對着長翅飛龍喊道。

海倫拉開門，兩人走了進去。一進門，還是昨天那個金髮男子坐在前台。

「我是蘇格蘭場的魔法警察，海倫，我們昨天見過。」海倫説道，她指指湯姆斯，「這是我的搭檔，湯姆斯警官，我們來見迪克。」

「噢，這麼小的年紀就從警了，看來蘇格蘭場是沒人了……」金髮男子看着湯姆斯，不無遺憾地説道。

「我吃了第一代變身藥，只是恢復藥丸過期

了，我不是孩子！」湯姆斯激動地糾正着，「你這『傻大個』聽明白了嗎？」

「你現在看誰都是『大個子』。」金髮男子俯看着湯姆斯，隨後看看海倫，「噢，會長就在二樓第一個房間……」

「謝謝。」海倫點點頭，走了過去。忽然，她想起什麼，回過身問，「昨天我抓住那個賣假藥的，怎麼處理了？」

「放了。」金髮男子説道，「你走後半小時就放了，他這點事和地下室關着的那些傢伙比，簡直就是個可愛的乖寶寶。」

海倫瞪着眼睛，不過也沒有辦法，她和湯姆斯跟他上了二樓。第一個房間的門開着，海倫他們走了進去。

「你好，是迪克會長吧？我是蘇格蘭場的海倫，他是湯姆斯……」海倫看到一張大的辦公桌後面，坐着一個中年男子，男子戴着眼鏡，一頭褐色的頭髮。

「我是湯姆斯，二十歲，但是我搞砸了，吃了第一代變身藥後無法復原，原因是恢復藥丸過期了。」湯姆斯沒等迪克開口，就急着說。

「噢，我認識你們，你們能來可太好了。」迪克先是很開心地說，對湯姆斯變小也不是很在意，不過隨即展現出的是愁眉苦臉的表情，「我們這裏的情況糟透了！哈里森被殺，我們上街都必須兩個魔法師一起外出，否則遭到攻擊都招架不住。」

「我知道有魔法師被攻擊，但是必須抓到攻擊者，才等於抓到線索，找出是誰在這裏興風作浪。」湯姆斯說道。

「我們連攻擊魔法師的傢伙都沒抓住，抓到的都是趁亂出來為非作歹的、打劫的居多。」迪克無奈地說，「襲擊魔法師的，應該是和幕後主使有聯繫的，但是這些傢伙都是搞偷襲，突然攻擊魔法師，發現不能得手就急速撤離，只是獨居的魔法師哈里森被暗殺了。我們不是魔法偵探，沒辦法破案，只能叫魔法師們，無論退休的和在職的，在家裏的時候都要小心。」

「我們去哈里森遇害的現場吧，應該能找到什麼。」海倫說，「我在倫敦魔幻偵探所有近六年的工作經驗；湯姆斯曾經在康沃爾郡的魔法師聯合會和魔法偵探社有工作的經歷。」

「工作過一年半。」湯姆斯補充説道。

「那我們就走吧，現場都保留着，哈里森是十天前遇害的。」迪克説着站了起來。

迪克帶着海倫和湯姆斯走下樓，到了門口，他看到了金髮男子。

「艾格特，我們出去一下。我們訂的防衞後視眼今天到貨，你簽收一下。」

「好的，會長。」叫艾格特的金髮男子點點頭，他看看湯姆斯，指着自己的後腦勺説，「後視眼，放在這裏，能看見後面的偷襲者……」

「哄——」的一聲巨響，大門被撞開了！只見長翅飛龍衝了進來。

「攻擊——魔法攻擊——魔怪和巫師殺上門了——」長翅飛龍大喊道。

「嗖——」的一聲，一根箭頭冒火的箭枝射碎大門的玻璃，飛了進來。箭枝插在前廳的柱子上，柱子是木頭的，立即着起火來！

海倫跳起來，把箭枝拔了下來，接着用手拍滅在柱子上燃燒的火焰。

艾格特按下了警報器，淒厲的警報聲在整幢房子裏響起。

「嗖——嗖——嗖——」，幾枝火箭隨即射來，全部插在了大門上，大門燃燒起來。

「冰川時刻——」湯姆斯衝到大門口，用手拍了一下大門，唸出一句魔法口訣。

大門瞬間就變成了一堵冰牆，那些火箭頓時熄滅。再射過來的火箭插在冰牆上，立即被彈開。

海倫走到窗户邊，小心地向外面看去，只見大門對面，有四個穿着長長斗篷的人，他們的臉全部被蓋住，手中全部拿着長弓，這種當然不是普通的弓箭，而是魔弓和魔箭。看到射出的火箭被冰牆阻擋，他們一起扔掉了弓箭，左右兩人抽出了長劍，中間兩個向魔法師聯合會的樓頂甩出兩根頭部帶倒鈎的爬牆索。

「轟——轟——」後門方向，傳來撞擊聲。兩名魔法師已經站在後門兩側的窗户邊，後門早就被沙袋堵住了，兩個魔法師各自向窗户外射出一道電光。看來，魔法師聯合會也是早有準備了。

「上樓——到樓頂去——」迪克招呼着海倫和湯姆斯，「艾格特，你們守好大門——」

這時，地下室那裏，傳來大呼小叫的聲音，那是關在裏面的魔怪和巫師的喊叫聲，他們顯然是聽到了打鬥的聲音，所以躁動起來。

艾格特和一名衝下來的魔法師，守了在前門，那個魔法師從窗户向外也射出一道電光。

「利森——你看好那些傢伙——」迪克伸頭對着地下室那裏喊道，隨後轉身看看海倫和湯姆斯，「最近抓到打家劫舍的重刑犯，都在地下室，小鎮亂了以後，它們全都跳出來了，好不容易才抓到……」

迪克帶着他倆上樓，他們跑到二樓樓梯轉角處，那裏有一扇窗户，一個年齡很大的魔法師守在那裏，他手裏拿着一枝長竹筒一樣的東西，這是一種魔銃，火力強大。他把魔銃架在窗台上，對着外面射出了一串紅色的火球。

忽然，一隻魔爪抓住了魔銃，隨後拚命把它往外面拉。魔法師拉住魔銃，不讓魔爪給拔出去。湯姆斯衝上去，對着窗外大喊一聲。

「暴風鐵拳——」

隨着湯姆斯的魔法口訣，他的右手臂迅速鋼鐵化，他的拳頭變成了鋼鐵般，有着金屬外觀，並且帶着風聲就打了出去。外面立即傳來一聲慘叫，魔怪的魔爪被暴風鐵拳砸中，當即鬆開了，魔怪隨即掉了下去。

守在這裏的老年魔法師對湯姆斯道謝，湯姆

暴風鐵拳——

斯聳聳肩。他們繼續往樓上走。

「我們這裏一共七名魔法師。」迪克一邊上樓一邊介紹，「我們演練過魔怪攻打這裏，當時想它們應該沒這麼大膽，可現在它們真的動手了……」

他們到了二樓，一道電光射進二樓的窗户，守在窗户前的一個女魔法師連忙躲閃。

「愛麗絲——」迪克叫道，「守得住吧？」

「會長，這裏沒問題。」愛麗絲看看迪克，「我這邊有三個傢伙，兩個沒有影子的魔怪和一個有影子的巫師，想爬上樓。」

説着，愛麗絲從窗户下的一堆圓球狀物體中拿了一枚，這是球形炸彈，愛麗絲把炸彈尾部的導火索拉下，導火索立即噴出火焰。她把炸彈扔了出去，炸彈飛出去後，在半空中炸開，無數拳頭般大小黃色的火焰開始落下。

迪克帶着海倫和湯姆斯上了樓梯，在二樓樓頂平台，他們推開一扇小門，衝上了平台。平台上，一名魔法師手忙腳亂，他在樓頂轉着圈，先是把一枚球形炸彈向北邊扔下去，隨後又向南側扔了兩枚，不時有電光從樓頂上飛過。

「會長，敵人足有十多個——」魔法師見到迪克，「剛才差點從一樓後門衝進來，被我們打出去了——」

樓頂平台四周都是一米多高的城垛，迪克衝到一個垛口後，小心地探出頭，向下張望，海倫和湯姆斯也跟着向外看。

這個方向，一共有三個穿着斗篷的魔怪和巫師，正在發起攻擊，一個魔怪連續向下面的大門射出電光，兩個魔怪在這種掩護下，撲向大門。

迪克轉到旁邊一側，向下看去，這邊也有

三個魔怪，每個魔怪都手持一根魔銃，連續向這一側的窗户射擊，窗户那裏炸成一片。

「會長，下面的窗户可能守不住了，老傑克一個人，一旦受傷，頂不住這麼猛的火力的！」那個魔法師衝過來，向下看了看，說道。

「上衣，把你的上衣給我——」湯姆斯看看那個魔法師，說道。

「啊？」魔法師愣住了。

「上衣給我——」湯姆斯說着去拉那個魔法師的衣服。

魔法師連忙把上衣脫了下來，這時，一連串火珠飛了過來，海倫和迪克連忙低頭，一道鋼索飛過來搭了在垛口。下面，一個魔怪開始沿着鋼索攀爬！

第四章 自毀裝置

「熔斷——」海倫的手指點住鋼索，鋼索開始發紅，閃出火花，隨即斷裂。

爬了幾米的魔怪慘叫一聲，掉了下去。

「一樓轉角的南窗這邊最危險，要把這班魔怪打下去——」迪克觀察了一下地面的整體情況，做出了判斷。

湯姆斯此時已經把上衣鋪在地上，他把幾枚球形炸彈一起放在衣服上，隨後把衣服收起，打包成一組炸彈，這就形成了一個集束炸彈。

湯姆斯提着集束炸彈，走到南窗這邊的垛口，向下看了看。南窗這裏，三個魔怪正在一起衝向窗户，三根鋼索已經勾住了南窗的窗台，而裏面的魔法師反擊很無力，偶爾只會向外射出幾道電光。

湯姆斯拉下了其中一枚的導火索，隨後用力

把集束炸彈向那三個魔怪用力甩去，集束炸彈直直地砸向了地面。「轟——」的一聲巨響，幾乎在魔怪中間炸開，三個魔怪當即被炸到地上，其中一個沒有站起來。其他兩個魔怪站起，把它抬起來，慌亂地跑了。

一側的威脅解除了，湯姆斯繞着樓頂看了看，北側的魔怪攻勢也凌厲，一個魔怪從後門被打了出來，另一個巫師繼續衝進去，後面還有一個巫師躲在遠處的圍牆後，用手中的魔銃發射火珠，進行了火力支援。

「會長，海倫，我們先打掉他們的火力點——」湯姆斯指着圍牆喊道。

樓頂上的魔法師看了看，身後的球形炸彈只剩兩個，做不成集束炸彈了。不過湯姆斯和海倫他們已經聚集在一起，連續向圍牆後的魔怪火力點射出電光，這個魔法師也加入了進來。

一共十幾道電光，密集地射向火力點，很快，圍牆後的巫師肩膀就被電光穿透，他慘叫一聲倒在地上。

在門口試圖攻進來的魔怪失去了火力支持，門裏幾道電光射出，命中了那個魔怪。

「嗖——嗖——嗖——」樓頂上的電光直直地射向地面，那個巫師也被擊中倒地。他和那個魔怪爬起來，開始逃跑。

「反攻，爭取抓個活的！」湯姆斯看了看迪克。

迪克點點頭，隨後向樓裏跑去，他衝進樓裏，高聲呼喊那些魔法師，南北兩側魔怪已經逃走，現在開始反擊東西兩側魔怪。

湯姆斯聽到迪克的喊聲，他轉到東側，看了看地面，東側的圍牆那裏，三個魔怪躲在圍牆後，正在向大樓裏射擊。

「海倫，我們衝——」湯姆斯大喊一聲，隨意一躍，從垛口飛了下去。

海倫跟着就飛身下去，此時，從後門那裏，兩名魔法師也衝殺出來。樓頂的魔法師則拿起一枚球形炸彈，用力甩向圍牆後，炸彈爆炸，一個魔怪被炸得飛了起來。

湯姆斯和海倫落地後，連連向圍牆後的魔怪射出電光，兩個魔法師則直接衝了上去。圍牆後

的魔怪架起那個被炸飛的同夥，一邊還擊一邊開始撤退。

另外一側，迪克帶着三個魔法師衝了出去，那一側的魔怪慌忙逃竄。

湯姆斯和海倫緊追着一個落後的魔怪，他們想活捉一個，只要審問它就能找到源頭。落後的魔怪受了傷，所以落在最後。海倫的手幾乎都抓到它了，這時，一道電光飛來，照射在那個魔怪肚子。射出光柱的是前面一個魔怪，被光柱射中的魔怪大叫一聲，身體忽然急劇膨脹了一倍那麼大，隨後氣化，變成了一個煙柱，全都不見了！

海倫和湯姆斯都愣在那裏，前面的魔怪又釋放出一股刺鼻的白色霧團，海倫和湯姆斯連忙捂着口鼻，從霧團中逃出。霧團散開，魔怪全都不見了。

「剛才那個魔怪……」海倫指着魔怪氣化的地方，「肚子上應該是放了什麼自毀的裝置或者魔咒，射出的電光觸發了這個裝置或魔咒，毀掉了這個魔怪。」

「這明顯是不給我們留一個活口呀。」湯姆斯說，「他們殺了同夥！」

「我說，你很能打呀。」海倫看看湯姆斯，誇讚地說。

「那當然，否則總部不會把我派來執行這麼重要的任務呀。」湯姆斯毫不客氣地說，「我告訴你，也就是我個子變小了，要是我本來的樣子，一定能抓住那個落在最後面的……」

迪克帶着幾個魔法師回來了，他們也沒有抓到任何魔怪。這次的攻擊下，魔法師們一共有三人受傷，不過都不算重，好在打跑了魔怪。

「膽子是越來越大了，以前是偷襲，現在都直接攻擊了，而且還攻擊聯合會，這是要把我們全部殺害呀。」迪克憂心忡忡地說。

「他們還是留了一手的，攻擊不成，也絕對不留下一個活口。」海倫說，「我要看看現場，能不能找到一些線索。」

聯合會的魔法師們開始修復剛才戰鬥在內部造成的損壞，海倫則在聯合會外開始查找線索。

聯合會南側的地面，湯姆斯剛才扔下的集束炸彈炸翻了一眾魔怪，當中有受重傷的。雖然魔怪都跑了，但海倫很快就在地面收集到血液。

「有紅色的血液，應該是巫師的。」海倫對一直跟着自己的湯姆斯說，「也有這種綠的血液，一看就是魔怪的。」

「是一夥魔怪和巫師糾集了在一起？」湯姆斯問。

「一定是這樣的。其實剛才我也看到了，有的攻擊者沒有影子，那就是魔怪；有的有影子，那是巫師。」海倫點點頭，「都是這個鎮上的，他們全部用斗篷蒙住了臉，否則有可能被住在這個鎮上的魔法師們認出來。」

「快看看能不能找到些什麼其他線索？」湯姆斯急着問。

海倫走到東側的圍牆那裏，剛才有幾個魔怪

躲在圍牆外向裏面射擊。她看着地面那些凌亂的腳印，皺起了眉。

「這些腳印混亂重疊，應該沒什麼採集價值了。」海倫看看湯姆斯。

她拿出一個放大鏡，在圍牆上慢慢地移動，忽然，海倫停住，隨後又掏出一個鑷子，把一根長長的纖維放進湯姆斯遞過來的透明塑膠袋裏。

海倫在圍牆後收集到了十幾根這種長纖維，她明確判斷這是魔怪身上的罩衣和圍牆摩擦留下的。她和湯姆斯來到另外一面的圍牆。同樣，在攻擊者剛才躲藏之處，又提取到了幾根長纖維。

海倫和湯姆斯回到魔法師聯合會，魔法師們仍在修繕內部設施，長翅飛龍飛到窗户邊，牠抱着一個木條，遞給了叫艾格特的魔法師，艾格特把木條釘在窗户上。

海倫和湯姆斯上了二樓，他們要找迪克，看看下一步該怎麼辦，海倫想去哈里森遇害現場勘查一下。他們到了迪克的辦公室，迪克不在，他們走出來，想找別的魔法師問一下，這時，一個房間「呼」的一聲，噴出一股白霧。兩人都嚇了一跳，連忙跑向那個房間。

「休息兩天就好了，今晚黃顏色能退去，明天就不痛了。」迪克的聲音從房間裏傳來。

海倫站在門口，向房間裏看去，只見一個魔法師坐在椅子上，正是剛才守在窗前的那個老年魔法師傑克。只見他半張臉以及脖子、上衣都有黃顏色，有些像是被人潑了黃漆一樣。

「海倫，你們找我？」迪克看到了海倫，說道，「找到什麼線索了？」

「有一些，但不明顯。」海倫說，她指了指那個老年魔法師，「他這是……」

「我就要抓住一個傢伙了，他反手向我拋了一個藥包，那種掩護逃生的魔法藥包，有很大攻擊性。藥包打在我的肩膀上，藥包裏的藥物都黏在我身上了，臉上和身上都是。」老傑克不用迪克開口，自己說道，「迪克給我用了清除咒，否則有顏色的地方會潰爛，現在沒事了。」

海倫走過去，看着老傑克臉上和衣服上的黃色斑塊。

「這種掩護攻擊手段可不常見，這個魔法藥包……」海倫轉頭看了看迪克，「是自製的，完全是自製的。」

「的確是自製的，這種招數完全不在制式化的實用魔法之中。」迪克點點頭，「這東西劑量很大，製造的時候很容易傷到自己的。」

「我看這件外衣你最好給我。」海倫說道，她望着老傑克，「我可以送你一件更加高級的，這件衣服對我來說很有用處。」

「你是要提取上面的魔藥物質嗎？」湯姆斯問道。

「沒錯。」海倫說，「我要看看，這個藥包的構成是什麼，也許能找到什麼線索。」

「送給你好了。」老傑克說，「我聽說了，你是來增援的魔法警察，要是這件衣服能幫你找到線索，我寧願再被那傢伙砸上來一個藥包。」

「算吧，老傑克。」迪克說道，「我可不願意再幫你清除，這可耗費我很大的魔力呢。」

迪克讓傑克在房間裏休息，隨後回到自己的房間。他不停地誇讚湯姆斯的臨危不亂和高強的戰鬥力，誇得湯姆斯得意非凡。迪克說如果湯姆斯和海倫不在，也許聯合會真的會被攻破，即使擊退魔怪，也會損失慘重。

目前情況下，魔怪們遭到了沉重打擊，一時半刻不可能再來發動新的襲擊了。迪克讓長翅飛龍到樓頂上去瞭望，這樣能及早發現情況。

海倫及時提醒，中止了迪克對湯姆斯的不停誇讚。她提出要去哈里森遇害地，也就是哈里森的家中去勘驗現場。迪克在聯合會裏視察了一番，隨後派長翅飛龍到樓頂值守，帶着海倫和湯姆斯去了哈里森家。

第五章 接骨木的金色漿果

哈里森家距離聯合會不遠，迪克和海倫他們是走着去的。那是一幢獨立屋，有一個小院子。迪克推開院門，來到家門前，這扇門是開着的，露出一小條縫隙。

湯姆斯正想拉門，迪克就去把他拉住。湯姆斯的手距離門把手還有段距離，當即就被什麼彈了回來。

「這是兇案現場，哪有隨隨便便就能進出的？」迪克把湯姆斯拉回來，隨後手指着門唸，「無影圍牆，散開——」

迪克的眼前出現了一道微微的白色閃光。隨後，迪克伸手去拉門把手，就打開了門，先走了進去。

海倫和湯姆斯跟着走進去，那是房間的前廳，只見前廳裏一片狼藉，沙發甚至都被掀翻了，地上倒着的還有桌子和椅子。

「你們也看到了，兇手是潛到老哈里森家裏殺害他的，不過一定是被老哈里森察覺了，所以從睡房打倒客廳，廚房也有搏鬥痕跡。」迪克指着現場，説道，「哈里森被殺死在通向睡房的走廊上，他被電光擊穿了身體……」

他們向裏面走去，在走廊上，有一個人形輪廓線，明顯就是老哈里森倒地後的畫線。

「我們都不是魔法偵探，本來這要請紐卡素魔法偵探社的人來破案，後來蘇格蘭場説你們要來，我們就特意等着你們。當時我們運走老哈里森的遺體後，保留了現場，這個輪廓線是我畫的，整體上我們什麼都沒有動過。」迪克看着那個人形輪廓線，很是感慨地説。

「這個鎮子有不少魔法師吧？」海倫問道，「為什麼遇害的是老哈里森，而且老哈里森是退休在家的魔法師。」

「這個不是很清楚。」迪克搖了搖頭，「這

個鎮子亂起來後，哈里森一直在幫我們。有一次魔法師外出被偷襲，也是他解圍的，可能是這點，讓他成為了暗殺對象。」

「我來勘驗一下吧，看看能有什麼發現。」海倫想了想，說道。

海倫走到裏面的睡房，睡房裏更是混亂，書架都倒了，地面上全都是散落出來的書，另外，牆壁上有好幾個硬幣大小的黑洞，這是電光射擊在牆壁上造成的。

「海倫，你看這裏。」湯姆斯指着房門旁的牆壁，說道。

牆壁上有一片噴灑上去的黃色痕跡，就像是噴塗了黃色油漆一樣，海倫站在那片痕跡前皺着眉，隨後像是在核對一樣，看了看湯姆斯。

「和剛才老傑克身上的掩護藥包裏的藥物是同一顏色的，所以這裏也是用掩護藥包噴灑上去的。」湯姆斯說，「刺殺哈里森的魔怪在這裏也使用了藥包，也許和剛才攻擊傑克的是同一個魔怪。」

海倫點點頭，隨即開始用一把小鏟開始刮牆壁上的黃色色劑，海倫有一個隨身的小盒子，裏面有鑷子、銼刀、鏟子等工具。

收集好色劑，海倫又在房間裏轉了一圈，她仔細地勘查着現場。隨後，她走出房間，又向客廳走去查找起來，這裏倒是沒有再發現有黃色的色劑。

海倫忽然在一張桌子旁停下，這張桌子沒有倒，她盯着有些尖的木頭桌角，拿出放大鏡，蹲了下去。她用放大鏡仔細地看着桌角，然後用鑷子從桌角的接縫處夾了一根長長的纖維。

離開哈里森家的時候，已經是下午了。海倫和湯姆斯先把迪克送回到魔法師聯合會，隨後，他們找到一間商店，在那裏買了一些玻璃杯子和碟子，這都是海倫要用到的。

回到旅館裏，海倫把那些杯子和碟子擺在桌子上，老傑克的那件黏有黃色噴濺物的衣服，他們也拿回來了。海倫隨後開始化學試驗，她不需要酒精爐加熱，自己就能用魔法對杯子加熱，這裏成了一個簡易的實驗室。

湯姆斯在一邊幫忙，天黑之後，海倫做好了試驗，她在一個本子上詳細記錄下試驗的內容。

海倫在本子上寫下最後一行字，隨後坐在椅子上，又看了看本子。

「怎麼樣？刺殺老哈里森的魔怪和今天攻打聯合會的魔怪是一夥吧？」湯姆斯問道。

「是的。他們穿一樣材質的罩袍，罩袍成了他們的制服了。」海倫說，「哈里森家桌角上提取到的纖維，和聯合會圍牆那裏提取到的纖維，完全是同一種物質。所以可以判定，在這個鎮上有一夥魔怪和巫師，他們在採取攻擊行動時，為了不被認出，所以穿罩袍，而這種罩袍都是用綿織物製造的，也就是同一匹布。從牆壁上電光造成的孔洞來看，有兩種尺寸，證明有兩個魔怪參與行刺並殺害了哈里森，而這兩個魔怪，應該也參與了今天攻擊聯合會的行動。」

「是從哪裏判斷出來的呢？」湯姆斯問。

「掩護藥包使用後造成的黃色噴濺痕跡，我全都檢測出來了，傑克那件衣服上的黃色物質，和哈里森房間牆壁上的黃顏色物質，完全一樣。」海倫很堅定地說，「藥包配料有十種，其中有一種罕見的配料——接骨木的金色漿果。」

「接骨木的漿果都是深紅色的吧？」湯姆斯又問。

「所以說罕見，大概十萬株接骨木才有一株能結出金黃色的漿果。這種漿果磨成的粉有劇毒，是絕對的違禁魔藥配方……」海倫若有所思地說，「如果沿着這種罕見配料的線索找下去，這種掩護藥包都是魔怪自己配置的，裏面的配料在正規的魔藥市場不可能買到。我知道這個鎮子有個地下魔藥交易黑市，如果我們找到這個黑市，找到賣接骨木金色漿果的人，就能問出誰買了這種違禁配料，掩護藥包中的漿果配料劑量這麼大，購買者不能只買一次……」

「嗯，這個思路很好。」湯姆斯用力點點頭，「海倫，你不愧是大魔法偵探培訓出來的徒弟，不過……怎麼找到那個地下黑市呢？」

「我也有辦法。」海倫説着，笑了笑。

第二天，下午。

春天鎮的巴斯克街上，湯姆斯低着頭，背着一個書包，沿着街道走着，他就像是一個放學回家的孩子——是的，春天鎮上有一所小學，甚至還有一所中學。

街上行人不算多，湯姆斯走得很慢，他不停地向周圍的巷子看去，有一個中年人從湯姆斯身後超過了他。

「嗨，先生，下午好呀。」另一個瘦瘦的男子——就是海倫第一天到春天鎮時，向她兜售假藥的那個人出來攔住了中年人，眉飛色舞地開始產品介紹，「我這裏有飛行丸，只要吃上那麼一粒，你就能飛起來，最少飛一千米。我們這裏的人總歸要和魔法師打交道。知道嗎？最近還來了魔法警察，我就被抓過。當他們來找你麻煩的時候，你吃上一粒，你就能飛走了，魔法師可跟不上你呀，我上次被抓就是這樣飛走的，那個女警在地面上又哭又叫，不過她也沒辦法呀……」

「多少錢？」中年男子站住，不安地問。

「一百鎊一盒，每盒五粒……」藥販子立即說。

「太貴了。買不起。」中年男子聽了就邁開腳步離開。

「喂，先生等等，價格好說呀，你說多少錢……」藥販子立即跟着走了幾步，很是着急地說，「不要飛行藥，我還有別的，失憶藥要不要呀？誰借了你錢給他吃一粒，什麼都忘了……」

中年男子快步走了。藥販子不再追趕，他站在巷口，一臉的不屑。

「鄉巴佬，不識貨——」藥販子看着中年人的背影，罵了起來。

「你好，我想買你的藥。」湯姆斯走近藥販子，有些興奮地說。

「你？」藥販子看看湯姆斯，不耐煩地擺擺手，「小孩子，回家打遊戲去，快走——」

「你不是賣藥的嗎？我給你錢，我買……」湯姆斯說，「你都有哪些品種的藥呀？」

「別耽誤我做生意，你才有幾個錢呀。」藥販子說着向小巷子裏走去。

「來，給你看看我的錢。」湯姆斯用力把藥販子往巷子裏推。

「真的有錢嗎？」藥販子驚喜地說道，「我可是不向未成年人士出售魔藥的，這是法律禁止的，我是正經生意人……不過，要是錢多的話，什麼都可以考慮……哎，我說，你還挺有氣力，我自己能走……」

湯姆斯和藥販子來到了巷子深處，藥販子停

下，看着湯姆斯。湯姆斯則把書包轉過來。

「來吧，給你看看我有多少錢。」湯姆斯搖頭晃腦地說。

書包打開，縮小的海倫從裏面跳了出來，她落地後一下就變成了原身。

「我弟弟沒有錢，我比較有錢。」海倫說道，隨即一把抓住了藥販子。

「你……你就是那個魔法警察。」藥販子驚叫起來，「你又要抓我嗎？」

「我姐姐要和你談談，有關你賣的魔藥的事……」湯姆斯說。

「我告訴你，我才不怕你們呢，我這點事算什麼？也就是賣個假魔藥或者違禁魔藥。」男子很不在乎地說，「魔法師聯合會地下室裏關着的，隨便抓一個出來，都比我這點事大多了！你送我進去，他們隨便問問就會放掉我。」

「那裏的人都關滿了，所以你會被放掉，這我都知道。所以……」海倫笑了笑，「我有個構

魔法警察？
我弟弟沒有錢，
我比較有錢。

想，我不怕麻煩，我準備把你送到倫敦的魔法師聯合會去，他們那裏可有關押你的地方，你賣假魔藥，賣違禁魔藥，你猜猜他們會把你關多長時間？」

「你、你為什麼這樣對我，我哪裏得罪你了？」藥販子害怕地叫了起來，「倫敦那麼遠，我不喜歡那裏的天氣，我會很不適應的。我以後不賣假魔藥了，不行嗎……」

「其實，我有個條件，我感覺你能辦到。如果辦到了，我就考慮不追究你。」海倫認真地說。

「什麼條件？」男子立即問道。

「你叫什麼？」海倫沒有急着説條件。

「布蘭登。」

「好的，布蘭登，假藥販子。」海倫説，「你一定知道這裏的違禁魔藥市場在哪裏，還有，誰在出售接骨木的金色漿果，帶我們去找到他，我就放了你。」

「啊？」布蘭登一愣，「我、我……我要是帶你去，他們發現我和你們合作，今後我怎麼在這裏混下去呀！他們會殺了我的，那些傢伙都是狠角色！」

「賣假藥有什麼前途？你就不能幹一些正經的生意？你就想這樣每天鬼鬼祟祟地生活？」湯姆斯在一邊說，「你就給我們指出是誰買了接骨木的金色漿果就行，我們會保障你這個『污點證人』的安全。」

「我……我……」布蘭登還是猶猶豫豫的。

「那就走吧，跟我們去倫敦！」湯姆斯上去就抓布蘭登。

機密檔案 3

關鍵人物

迪克

魔法師聯合會春天鎮分會的會長。魔法師遇襲事件發生後，因為忙於工作，又苦於擔心自身安全，總是愁眉苦臉。

關鍵證物

球形炸彈

大殺傷力武器。拉下導火索後投擲出去，就會按時爆炸。如果把多個炸彈集束在一起使用，威力更大！

接骨木的金色漿果

接骨木金黃色的漿果非常罕有。用它磨成的粉有劇毒，屬於違禁魔藥配方。可是哈里森的房間和遇襲魔法師的身上竟然都出現近似顏色的痕跡！

小工具盒

海倫隨身的小盒子，裏面已放有鑷子、銼刀、鏟子等調查工具。小巧又方便。

第六章 無樹巷

「不要！我帶你們去。」布蘭登立即喊起來，「我給你們指出來就能走了，對吧？」

「能，一定放你走，不過今後你可別幹這個了。」海倫說。

十多分鐘後，他們來到鎮的中央，這邊人多了起來，商店也都開着門，這裏看上去和其他地方的鬧市，也沒什麼太大區別。

布蘭登走進一個巷子，巷子裏有個長相很兇的人走出來，看了看布蘭登他們，隨後走了。巷子口有個銘牌，上面寫着──「無樹巷」。

無樹巷兩側都是圍牆，長長的，也不知道圍牆後是什麼建築，這裏果然沒有一棵樹。他們走了大概五十多米，布蘭登突然站住，他看了看身後，只有海倫和湯姆斯。

布蘭登把手伸向左邊的圍牆，圍牆的顏色是

紅褐色的，但是距離地面一米多的地方有一塊青色的磚石，嵌在一堆紅褐色磚石中，有些醒目。布蘭登抓住那塊青色磚石，向左一拉，牆壁被拉開了，裏面露出一個寬窄都不到半米的銅鏡。

「不跟着我來，你們根本就進不去。」布蘭登指了指那面銅鏡，「進去的必須是熟客，生人不可能進去。」

説完，布蘭登把頭伸過去，臉對着銅鏡，像是在拍證件照一樣。

「唰——」的一下，銅鏡閃了一道白光。

「布蘭登，看上去你有些緊張。」銅鏡後傳出一個聲音。

「生意不好，所以我一直緊張。」布蘭登説着尷尬地笑了笑。

銅鏡旁邊，一道牆壁突然打開，這個牆壁大概一米多高，半米多寬，裏面黑洞洞的。

「謝了。」布蘭登對着銅鏡擺擺手，隨後走了進去，他比較高，進去的時候還彎了彎腰。

海倫和湯姆斯也跟着走了進去，最後的湯姆斯進去後，門自動關上了。

門裏，似乎是另外一個世界，這裏的光線比較昏暗，但是有着好幾條街巷，甚至還有一個街心花園，街心花園裏有兩張長椅，其中一張上坐着一個老年婦女，這個人看起來很兇，眼窩深陷，下巴尖尖，有些像吸血鬼。長椅正對着海倫他們進來的地方，不到十米。

「布蘭登，你這混小子，把誰帶進來了？」老年婦女看到布蘭登，兇狠地問道。同時惡狠狠地盯着海倫和湯姆斯。

「啊，丹丹嬸嬸，你好呀。」布蘭登滿臉堆笑，「一個要貨的，還有她的弟弟，兩個人都想會飛行，正在湊飛行術的魔藥配方。他們和我買，我哪有那麼多的配方，所以就把他們帶來了，讓他們自己挑，我賺點介紹費……現在的年輕人，都不安分呀，不過他們確實有錢，嘿嘿嘿……」

「你要學飛行？」叫做丹丹嬸嬸的老年婦女看看海倫。

「是的，我就想飛得很高，飛得很快。」海倫立即説，「我弟弟也是……」

「飛那麼快幹什麼？是幹了什麼壞事怕被魔法師抓到吧？」丹丹嬸嬸冷笑起來，「還帶着一個小崽子弟弟，弄不好就摔斷你們兩個的狗腿，飛行魔藥哪有那麼好配置？」

「我知道，我知道。」海倫立即説。

「記住，被魔法師抓到，無論幹了什麼，死也不要承認。」丹丹嬸嬸瞪着海倫，説道，隨後看了看布蘭登，「布蘭登，你們買好了快點離開，外面的人今後最好別帶進來，最近風聲好像不對。」

「是，是。」布蘭登連忙點頭。

他們快步離開，向前走去。看看遠離了丹丹嬸嬸後，布蘭登壓低了聲音。

「這老太婆看管着這片市場，很厲害，賣

東西都向她交保護費的。快點走，我不想和她糾纏。」

他們連忙又向前面走了幾十米，前方就是一條條的街巷了。

「那幾條巷子，每個開門的店，基本都賣魔藥，一共有十幾家。不過也賣別的，你想弄到什麼他們就有什麼。」布蘭登似乎不肯向前走了，他指着不遠處的街巷，「你們說要找接骨木金色漿果的店，一共兩家賣這種東西。A巷中間那個店，門口總站着一隻大公雞，一個矮胖的老頭，外號叫『番薯』，他的貨最齊全，價格也最好；C巷的『火雞』也賣，但經常斷貨，品質也不行，在這裏買貨的都知道。」

「那就去A巷吧。」海倫看了看湯姆斯，隨後又看看布蘭登，「你在這裏等着我們吧，我們調查清楚，帶你去聯合會，把你以前做的壞事講清楚，今後不再追究你了，再給你介紹一些正經的生意。」

布蘭登沒說話，只是猶豫地輕輕點頭。海倫和湯姆斯向前面的巷子走去，A巷前有一塊牌子，貼在牆壁上，上面寫着「A巷」。兩人直接走了進去。

巷子裏更加幽暗，也很是深邃。第一家店裏有桔黃色的燈光投射出來，裏面擺着各式的東西，門口擺着一台留聲機，一隻很大的鸚鵡站在留聲機上，最裏面有個女人在櫃台後。

「要點什麼，進來看看呀。」鸚鵡看到了海倫，開口問道。

海倫搖搖頭，這裏不是他們要去的店，他和湯姆斯立即離開，向前面走去。

不遠處的一家店門口，站着一隻很大的公雞，看上去比一般的公雞要大一倍還多，看樣子就是這家店了。海倫和湯姆斯走過去，大公雞狠狠地盯着他倆，牠站在正門口，看見來人，一點讓開的意思都沒有。海倫和湯姆斯繞着牠，走進了店裏。

這是一家看上去貨物滿滿的店，賣得東西比較舊，鍋碗瓢盆全是壞的，鍋全都沒有底的。櫃台的貨架後，有一個個的玻璃罐子，第一層貨架的罐子裏都是植物，第二層的貨架上，玻璃罐子裏都是動物，一個罐子裏有一隻鴨子，另一個是飛來飛去的蝴蝶，還有一個載滿水，幾隻青蛙在裏面游來遊去。

海倫和湯姆斯正在疑惑地看着周圍的「貨物」，一隻大蜥蜴從他倆的腳下鑽了過去，嚇了他們一跳。蜥蜴鑽到了櫃台後，不見了。

「兩位，需要些什麼？」櫃台後，有個矮胖的年輕人很是客氣地問道。

「唉，你好。」海倫笑了笑，「這裏是『番薯』先生的店嗎？」

「『番薯』是我爸爸，他出去一會，我是他兒子，我叫『雞蛋』。」年輕人說道，「需要什麼，和我說，一樣的。」

「我們需要……」海倫說。

「等一下。」雞蛋突然打斷了海倫，表情嚴肅起來，「我爸爸告訴我，先要問清買家的來路……是誰介紹你們來的呀？」

「啊……是……」海倫先是愣了一下，「丹丹嬸嬸介紹我來的。」

「噢，歡迎歡迎，是丹丹嬸嬸呀。」雞蛋連連點頭，「請問需要些什麼？」

「你們放了我……」正在這時，櫃台前的鐵籠子裏，傳來一個聲音，一隻刺蝟扒着鐵條，對外面喊道。

「閉嘴！你要是不會説話，我爸爸也不會把你抓來，魔刺蝟，你能賣上不少錢呢！」雞蛋指着刺蝟喊道。

「放了我吧，我不想被當做魔藥配方給賣掉，我會死的……」刺蝟可憐地説，「只要放了我，我就給你們一百鎊……」

「可是你的標價是二百鎊。」雞蛋指着鐵籠子旁的價格牌説道，「我們可不做虧本的生意。」

「可我只有一百鎊呀。」刺蝟急得在籠子裏轉來轉去的，「我的味道可不好，我的肉並不好吃……」

「兩百鎊，這刺蝟我先買了。」海倫忽然説道，「要是被煮了，那太可憐了……」

「太好了……加上籠子的三百鎊，一共五百鎊。」雞蛋高興地説。

「籠子三百鎊？比刺蝟還貴？你們這些奸商……」湯姆斯不高興地叫起來。

「你搞清楚，那是一個魔籠，否則怎麼關得住一隻會説話的魔刺蝟？」雞蛋不屑地説。

「他説的沒錯，普通籠子關不住我的。」刺蝟愁眉苦臉地説，「謝謝你們，好心人，現在好心人可真不多了，你們要是覺得籠子貴，我有一百鎊，可以給你們。」

「雞蛋老闆，我不要籠子，買下牠我就是準備去放生的。」海倫指着籠子説。

「好心人，謝謝你，我還懷疑你把我買去當寵物或者送去馬戲團呢！」刺蝟搖着鐵條，激動地說，「美麗善良優雅大方的姑娘，我感謝你和你的父母祖父母曾祖父母祖祖父母……」

「你一起付錢，帶走就可以了。」雞蛋看看海倫，欠欠身子，「那麼你本來需要什麼？」

「那種……會飛行的魔藥配方……」海倫說着擺了擺手臂，「我和我弟弟都想飛行……」

「有呀，你需要飛多高？飛多遠？」雞蛋滿臉興奮，「我們這裏各種配料都有，還有強大的售後服務，保證你們飛起來摔不死……」

「啊……」海倫忽然擺擺手，「啊，雞蛋老闆，我看你們這裏貨品真多呀，其實我還想要……」

「還要什麼？我們都有。」雞蛋急促地問道。

「我也很想做幾個掩護藥包，攻擊性特別強的那種，我就差最關鍵的一個配方了，就是接骨木的金色漿果。」海倫説着顯出一副很關注的樣子，「不知道你們有沒有，我可要最好的上等貨，價錢你不用擔心，我出得起。」

「那你可是來對地方了。」雞蛋兩眼放光，「春天鎮除了我們這裏，就沒有別的地方賣了，我們有最高檔的金色漿果。」

説着，雞蛋就轉過身去，彎下腰，從一個箱子裏拿出一個布袋。他把布袋放在櫃台上，打開布袋，裏面果然露出一些黃豆大小，金黃色的漿果粒！

番薯的商店

「真有呀！」海倫也是一臉興奮，她抓起一顆果粒，舉起來看了看，臉陰沉了下來，「不過你可不要騙我噢！我可是懂的，你這不是染色的吧？把普通貨染成金黃色。」

「不可能，怎麼會是染色的？」雞蛋叫了起來，「我們最講信譽，這誰不知道，我們這裏可都是回頭客……」

「有沒有人買過用過這個呀？實際效果怎麼樣呀？我還是不太信你的話呀。」海倫説着，從口袋裏掏出來厚厚一疊鈔票。

「當然有，蘭卡！就是鎮東牙科診所的助理，最近他就來買過兩次。」雞蛋比畫着説，「要是不好，他能買兩次嗎？」

「蘭卡……」海倫點點頭，「牙醫助理。」

「對，你不信可以去問他呀。」雞蛋跟着説

道。

「最近只有他買嗎？」海倫説，「我可以問問別的人，我不想去牙科診所找他，我有蛀牙，我害怕去了以後牙醫拉住我給我拔牙。」

「噢，你只能找他問，這兩年也只有他買了這種配料，而且量很大。接骨木的金色漿果用途很單一，價格也高，買的人可不多。」

「有客人呀？」海倫和雞蛋正説着話，一個聲音傳來，一個中年人走了進來，這人矮胖，和雞蛋一個身材，樣貌也很像。這人的目光很兇，和雞蛋不太一樣。

「噢，我的父親。」雞蛋連忙向中年人點點頭，「大客户，購買接骨木的金色漿果。」

「便宜了就不賣。」中年人説道，看來他就是番薯。

「我還擔心你們的貨有問題呢。」海倫不屑地説，「貨要是對，我當然肯出大價錢。」

「還敢懷疑我們的貨？」番薯臉色變了，他

看看海倫，又看看湯姆斯，「你們兩個孩子，是哪裏來的呀？我在這個鎮上住了五十多年，我怎麼沒見過你們呀？」

「我還沒見過你呢！」湯姆斯毫不客氣地說。

番薯的臉色當即陰沉了下來，他瞪着湯姆斯，目光中正在聚集烈火。

「噢，我的父親，我們不要和小孩子一般見識，我們是生意人……」雞蛋看出不妙，連忙說。

「閉嘴！這兩個人不像是正經人，也許你被他們耍了！」番薯對雞蛋擺擺手。

正在這時，門口一陣響動，只見丹丹揪着布蘭登的脖子，怒氣衝衝地走了進來，門口有個空桶擋住了她的路，被她一腳踢開了。

「我看布蘭登在那邊伸頭偷看你們的店，我就揪住了他——」丹丹大聲喊道，「番薯！這個女人，還有她的弟弟，全都是魔法警察，這是剛設立不久的部門，和魔法師一樣都是對付我們的——」

海倫和湯姆斯聽到這話，當即愣住了。

「鬆開我呀，我也不想帶他們來！」布蘭登驚慌地喊着。

「魔法警察——」番薯衝上來就抓海倫，「你們想查抄我的店嗎？不可能——」

海倫用手擋開了番薯，雞蛋從櫃台後跳出來，也開始攻擊海倫。湯姆斯剛想過去幫忙，丹丹一把推開布蘭登，上去就抓湯姆斯。

布蘭登見狀，立即逃走了。海倫跟番薯和雞蛋已經打在了一起。丹丹的手抓到了湯姆斯，湯姆斯用力一甩，就把丹丹給甩開了。

海倫一腳踢飛了雞蛋，但是番薯掄起身邊的一個椅子，重重地砸向海倫，海倫用手一擋，椅子斷裂飛散。海倫對着番薯射出一道電光，番薯連忙一閃。

電光射在不遠處的櫥櫃的一個抽屜上，抽屜

當即被炸開，裏面無數的蝴蝶飛出，有些蝴蝶衝出大門，四散飛逃。

「啊——啊——」番薯大叫起來，「我的蘭斑蝴蝶，很貴呀——」

海倫恍然大悟，番薯和雞蛋沒有施展魔法攻擊，是害怕打爛了店，跑了那些小動物。海倫對着身後的玻璃罐子射出一道電光，玻璃罐子當即破碎，裏面的幾隻青蛙跳出來，逃走了。

「救我——救我——」刺蝟激動地大喊起來。

海倫對着鐵籠子連射幾道電光，一道電光正好射在鐵籠子門的門鎖上，門鎖當即炸開，刺蝟衝開門，跑了出來。

湯姆斯非常能打，他一腳踢飛了丹丹。這時，門口的大公雞衝進來，對着湯姆斯用嘴猛啄，湯姆斯的腿被啄中，他痛到叫了起來。

番薯和雞蛋還是不敢施展魔法，因為他們害怕打爛了自己的店，他倆一前一後圍攻海倫。這時，櫃台後竄出一隻大蜥蜴，海倫根本就沒看到，大蜥蜴一口就咬住了她的腿，海倫差點摔倒，番薯衝上來，雙拳猛砸海倫。

海倫先是擋開雙拳，她忍着劇痛，用力一蹬，想甩開大蜥蜴，但是沒成功。刺蝟衝過來，牠縮成一個刺團，跳起來砸在大蜥蜴後背上，大蜥蜴叫了一聲，鬆開了嘴。

這時，門口又衝進來幾個人，好像都是附近開店的，丹丹指揮着他們，攻擊海倫和湯姆斯。

「暴風鐵拳——」

湯姆斯的手臂變成了鋼鐵的，拳頭也一樣，他出拳當即就打翻了一個衝進來的人，這人被打得飛起來，撞到了身後跟着的一個人。這時，門口那隻大公雞撲上來猛啄，門外又有四個人聞聲過來幫忙。湯姆斯撿起一個鐵籠子，對着大門扔過去，他猛發現前來增援的人太多，只能轉身看看海倫。

「人太多，撤——」

大門這裏都是人，海倫一拳打倒了雞蛋，衝

我的蘭斑
蝴蝶，很
貴呀——
我得救了！

咯咯咯！

進櫃台，湯姆斯緊跟在後。櫃台後面，是一個倉庫，擺着一堆的瓶瓶罐罐，還有很多大箱子。海倫看到前面有一個後門，立即向前跑了幾步，把門猛地拉開，衝了出去。

湯姆斯也跟了出去，身後，丹丹、番薯等吶喊着追了出來。出門後是一條巷道，兩邊都是牆，沒有任何門店。兩人沿着巷道向前飛奔，湯姆斯總覺得腳邊有個什麼東西在轉，不過在身後的喊殺聲中，也沒有來得及去看。

海倫一邊跑，一邊向身後射出幾道電光，湯姆斯也一樣，他們的身邊，也不停地有電光飛過來，湯姆斯的肩膀被射中，他差點摔倒，咬着牙挺起身，繼續奔逃。

海倫和湯姆斯的速度飛快，後面一夥人則擠在一起，在窄窄的巷道裏，反而互相阻攔，降低了速度。出了巷道後，有一片空地，空地前有一堵牆，這堵牆大概有五米高，牆的前面，還有幾棵樹。

海倫向那堵牆跑過去，她跑到距離牆壁最近的一棵樹前，開始爬樹，爬到一個高高的樹杈上，從樹杈上一跳就跳到牆頭上，外面是春天鎮的街道，看上去還很繁忙。海倫縱身一躍，從牆上跳了下來，她剛落地，湯姆斯也跳了下來。

湯姆斯還是感到身邊有什麼東西在轉，海倫拉起他來，向着大街就跑了出去，兩人迅速融入到街上的人羣中，又往前跑了兩條街，看看身後，並沒有人追上來，海倫和湯姆斯放慢了腳步。

又向前跑了十幾米，兩個人全都停了下來，他們走進一個小巷子，湯姆斯伸出頭向後看了看，街上的人來來往往，不過那些人並沒有跟上來。

「啊呀，累死我了。」海倫喘着粗氣，她的腰幾乎都直不起來了，「什麼怪地方，連公雞和蜥蜴都參戰了。」

「一夥賣魔藥的，當然什麼奇奇怪怪的都

有。」湯姆斯説道，「還好跑得快，哎呀，我肩膀還被打中了……」

「你沒事吧？」海倫關切地問。

「還好，就是有點痛，我很抗打呢。」湯姆斯説，「蜥蜴咬到你了吧……」

「我沒事，我沒事。」海倫説着擺了擺手。

「那隻蜥蜴總是想把我吃了呢，那是番薯家祖傳的老蜥蜴，幫他們看家護院的。」一個聲音忽然傳來。

海倫和湯姆斯一看，就在海倫腳邊不遠處，剛才被救出來的刺蝟，比畫着説。

「你？你一路跟着我們？」湯姆斯忽然明白為什麼自己感覺身邊總有個東西在轉，那一定是縮成團的刺蝟。

「是呀，我們是一起的呀，你們救了我，我不和你們在一起，難道要和番薯他們在一起嗎？」刺蝟説着縮成團，並在地上滾了幾圈，「我就這樣跟着你們跑，我還上了樹，我的刺插在樹幹上，滾上樹，我還跳出圍牆……」

「我說，你叫什麼？」海倫問道。

「餓了。」刺蝟說。

第八章 保命石

「我問你叫什麼，沒問你要吃什麼。」海倫很是無奈地說。

「餓了，我是說我叫『餓了』。」刺蝟擺擺手，「我總是感覺沒吃飽，所以在林子裏的時候，同伴都叫我『餓了』，後來被番薯抓住，關了在籠子裏，我總是晃籠子要吃的，番薯和雞蛋也叫我『餓了』。所以我叫『餓了』，這就是我的名字，這名字不錯，隨時提醒我該吃飯了。」

「倒楣刺蝟有個倒楣名字，那就叫你餓了。」湯姆斯無所謂地說，「我說，餓了，你怎麼會說人類語言的？你還能和魔怪打兩下，你怎麼學會些法術呢？」

「鎮上有個魔法師在樹林裏煉魔藥，還把魔性的藥渣倒在小溪邊，我實在是餓了，就把魔藥渣給吃了，我就變得會說人類語言，還有了點魔法……哎，就是因為會說話，自言自語的時候，被番薯聽見，把我抓走了。我跟他打了兩下，我打不過他，他說會說話的刺蝟能賣大價錢，但我一直沒有被賣出去，因為太貴，否則我早被人買走吃了或者做成配料了。」

「現在你沒事了，你可以回到森林裏去了。」海倫說，「不用謝，今後好好生活吧。」

「回到森林裏去？不可能，番薯還會去森林裏，還會抓住我的。」餓了搖着頭說，「我要跟着你們，是你們救了我，所以你們還要保護我，我哪也不去，我就跟着你們，我要報答你們，我可是也懂一些魔法的呀……你們好像是魔法警察，這麼說我是站在正義的一方了！我可真是厲害。」

「你跟着我們？可是我們還有任務呀，很危險的，而且我們的執行小組裏可沒有你。」湯姆斯連忙說。

「現在有了。」餓了搖晃着腦袋，「我不怕

危險，我都差點被人買走煮了吃，我還怕什麼危險？而且跟着你們這些魔法警察是最安全的。我聽説你們要找那個叫蘭卡的人，我見過他呀，他來買接骨木的金色漿果時，我就在呀！雞蛋沒有騙你們，就是他連續兩次來買，我當時就在籠子裏，我見過他，説話細聲細氣的，有點瘦，長頭髮……」

「牠要是想跟着我們，幫我們找到蘭卡……也不錯。」海倫説着看了看湯姆斯，「我們就先帶着牠，指揮中心那邊我彙報一下，應該沒什麼意見，牠本身也會魔法，遇到危險縮成一身是刺的球，別人也沒什麼辦法。」

「可以。」湯姆斯點點頭，隨後看看餓了，「我説餓了，你可要想好呀，我們是魔法警察，要面對很多危險的。」

「我當然想好了，就是你們的老闆不同意，我也要跟着你們，你們去哪我就去哪。」餓了很是激動，「再説我從小就想當一個大英雄。」

「大英雄，歡迎加入。」湯姆斯微微笑笑，隨後看看海倫，「那麼剛才搭救大英雄的海倫小姐，接下來我們該怎麼辦？是召集人馬去踏平那個違法的地下交易市場？」

「不，這個市場不是我們的目的，我們要找的是這個鎮子混亂的根源。而且他們知道我們是魔法警察，應該都已散了，起碼最近一段時間不敢再在那裏交易了。」海倫說，「現在我們摸到線索了，就是那個蘭卡，他就是參加圍攻魔法師聯合會的一員，抓到他就能問到圍攻由誰組織，我想這也就是一切的根源了。」

「那個雞蛋不會去通知蘭卡快跑吧？」湯姆斯有些疑慮地問。

「應該不會，雞蛋一定以為我們是來調查黑市情況的，我們問接骨木金色漿果，也是在調查他們有沒有違禁魔藥。」海倫分析地說，「他們那麼多顧客，不可能去一一通知，而且他們沒抓到我們，現在自己一定都開始躲藏了，怕我們帶着魔法師聯合會去剿滅這個黑市呢，哪有時間去通知別人。」

「嗯，我明白了……不過現在已經晚了，那個牙醫診所一定下班了，蘭卡也回家了，我們可不知道蘭卡家在哪裏？」湯姆斯看看餓了，「你知道嗎？」

餓了搖了搖頭。

「就是知道，夜間抓捕，給他跑掉的可能性也很大。」海倫說，「這樣，我們先去找利斯特鎮長，要把地下黑市的事告訴他，今後他來協調，一定要解決這個黑市。我們還要問問蘭卡的事，看他知不知道。無論如何，明天早上我們去抓蘭卡。」

海倫說着掏出電話，打給了利斯特鎮長，鎮長還沒有下班，他其實每天都很晚下班。海倫說要見他，利斯特說在辦公室等他們。

海倫他們走出了巷子，街上，一切都是那麼平靜，因為天已經基本黑下來了，所以街上的人不多。海倫他們向政務廳走去，餓了緊緊地跟着他們。海倫發現餓了走路的速度很快，根本就不用停下來等牠，湯姆斯説餓了縮成球在地上滾的速度更快，簡直像是飛一般。

他們來到政務廳鎮長辦公室，利斯特先生的房間亮着燈，利斯特有些焦急地等着他們。

看到海倫他們帶了一隻刺蝟進來，利斯特並沒有表現出特別的吃驚，即使他發現刺蝟會説話。同時，這也是利斯特和湯姆斯的第一次見面，對於湯姆斯變成一個孩子，他倒是有些吃驚，儘管海倫曾打電話把這事通知過他。

海倫把昨天在聯合會遭到圍攻，以及剛才發生的一切，簡單地告訴了利斯特。

「你們説的這個蘭卡，我還真不認識。」利斯特一臉無奈地説，「這個鎮上的人，我不可能全都認識，但是我知道鎮東的確有個牙科診所，我從那裏經過過，那個診所不算大，在一間獨立的房子裏。」

「利斯特先生，我們現在比較確定，蘭卡參與了對魔法聯合會的攻擊。」海倫説，「剛才來的路上，我打電話給牙科診所，診所剛下班，但是有一個女士接了電話，我套了話。我打探出，蘭卡在聯合會遭到攻擊的那個上午，專門請了假，説是身體不舒服。我看他是用斗篷隱藏相貌，攻擊聯合會去了。」

「嗯，有道理。」利斯特語氣沉重地説，「還好，你們都沒受傷……」

「利斯特先生，春天鎮的魔藥黑市，就在無樹巷裏，那裏有一扇小門，能進入到黑市裏，不過他們此時一定都跑掉藏起來了。你是鎮長，要注意這個黑市，不能讓他們又恢復起來呀。」

「好的，這個我知道了。」利斯特點了點頭，「那麼明天，你們是準備去抓蘭卡了嗎？」

「明天一早就去，我們想先埋伏在診所門口，餓了……啊，也就是我們的刺蝟朋友，牠是見過蘭卡的。」海倫説着看看餓了，「只要抓到蘭卡，找出誰糾集他們的，那麼就能抓到幕後指使了。一切怪事，包括我的遇襲、湯姆斯進鎮時被跟蹤、哈里森遇害、聯合會被圍攻，我想都能解開了。」

「很好，很好，總算是找到線索了，不過你們抓捕蘭卡，一定要小心，這樣的巫師，一定是很能打的。」利斯特關切地說，「要不要請魔法師聯合會的人幫忙呢？」

「算了吧，他們現在也處境不妙，被圍攻的時候還有幾個受了傷。」海倫說，「我們能抓到蘭卡的，蘭卡現在根本就不知道被我們發現了。」

「好。」利斯特用力點點頭，說着他站了起來，向辦公桌左邊的書櫃走去。

利斯特走到書櫃旁邊，蹲下，打開書櫃下層的櫃門。書櫃旁有一盞明亮的燈，照出了利斯特長長的影子。海倫好奇地看着利斯特，不知道他要幹什麼。

利斯特從櫃子裏拿出來一個盒子，他把盒子小心地捧着，走到辦公桌前，他把盒子放下，打開盒蓋，從裏面拿出來一個圓形的小球，小球也就比雞蛋略大一些，全黑色，看上去像是一塊石頭。

「這是……」海倫疑惑地問。

「拿着，這是一個魔法師給我的保命石。」利斯特說着把石頭遞給海倫，「使用方法很簡單，雙手用力擠壓，注意，力度要大，雙側擠壓力度都要達到二十公斤以上。你們是魔法師，絕對有這個力道，放心，一般的擠壓碰撞，保命石都不會被啟動。達到雙側二十公斤以上力道，保命石裏就會噴出迷霧，三秒鐘內，圍攻你們的人，只要在四百平方米內，不管有多少個，全部會昏迷過去，三十分鐘後才會醒來，不管這些人的法術又多高超，全都一樣。注意，使用的時候，你們三個都要聚集在一起，以保命球為核心，兩平方米內站立的人，不會被熏倒。」

「這麼珍貴的寶物……」海倫有些猶豫了，「送給我們嗎？鎮長，這個鎮子不安全，你更需要……」

「你們更需要。」利斯特語重心長地說，「這裏雖然很亂，但是魔怪和巫師的針對目標還是魔法師。我不會魔法，對他們造不成直接威脅，所以反倒安全些；而且因為我不會魔法，基本上無法啟動這塊保命石呀。我雙手的擠壓力道不夠，用大錘砸才可以啟動它，可真有什麼事，我哪裏找大錘呀？我也不能隨時隨地帶着一個大錘吧？」

「這……倒是。」海倫點點頭，她把保命石轉頭交給湯姆斯，「非常感謝，鎮長先生。」

「被圍攻時，立即使用。」利斯特叮囑道。

「噢，真感動呀。」餓了在海倫腳邊說，「如果這個時候能給我點吃的，那就更讓我感動了，我餓了。」

「這樣就餓了嗎？」利斯特笑眯眯地看着餓了，「那麼我找找看，我這裏有什麼吃的，巧克力可以嗎……」

餓了在利斯特鎮長這裏吃了個飽，然後跟着海倫他們一起回去了。他們回到了旅館，在海倫的房間，湯姆斯一直拿着那塊保命石，看了又看。

「這麼厲害的保命石！今天在黑市被圍攻的時候，要是有這麼一塊保命石，那些傢伙就全都暈倒，都被我們抓住了。」湯姆斯邊看邊說，「鎮長有這麼好的寶物，早就該給我們。」

「現在送給我們就很好了，你還挑來挑去的。」海倫責怪地說道。

「鎮長這個人，要是再送我一些吃的，那就更好了。」餓了在一邊說，「我又餓了。」

「你又餓了？」湯姆斯瞪大了眼睛，「這才多一會呀？」

「從鎮長那裏走到這裏，很累呀……」

第二天一早，七點多，海倫和湯姆斯就吃了早飯，餓了很高興，牠很少這麼早就吃早飯，一直問今後是不是都會這樣。

「一會我們要去堵截那個蘭卡，如去晚了，蘭卡進了診所的話，我們就要裝扮成牙痛患者去診所裏了，搞不好被牙醫把牙給拔了。」湯姆斯教訓地說，「聽明白了嗎？餓了。」

「要是蘭卡在蛋糕店工作多好呀，我們進去抓蘭卡，順便再買塊蛋糕。」餓了很是感慨地說。

七點半多，他們就出發了，走着去診所要二十分鐘。蘭卡九點上班，預計八點半就會到達。他們到了以後，還要查看地形，看看在哪裏適合設埋伏。

太陽出來了，陽光斜射在地面上，照射出他們三個的影子。

街上行人也不多，那間診所靠近郊外。他們走在一條街上，餓了因為剛剛吃飽，精神十足，牠邊走變跳躍着，牠的手腳很短，但是頻率極快，海倫和湯姆斯都要緊跟着牠。

「餓了，你這個速度是很快，不過我想看看你滾動起來的速度，那樣更快。」湯姆斯邊追趕着邊說。

「那還不更容易嗎？」餓了得意地說。

餓了縮成一個團，牠後背的刺用力插向地面，隨即牠的身體就彈了起來，身體在空中滾動着，一下就向前滾了十幾米，隨後落地，再次彈起，身體又向前滾了十幾米……

「彈跳滾動前進，厲害呀……」湯姆斯大聲地誇讚。

「等一下——」海倫忽然高聲喊道。

機密檔案4

關鍵人物

丹丹嬸嬸

地下魔藥交易黑市「無樹巷」的看守人。她嚴厲而且觀察力強，只會容許熟客進入市場。

番薯與雞蛋

在無樹巷經營黑市雜貨店的兩父子，貨品以又多又齊又珍奇而見稱。番薯比兒子兇得多，他關注的只是生意和錢財。

餓了

在無樹巷被救出的魔刺蝟。因為曾吃下有魔性的藥渣，所以會說人類語言和用魔法。因為牠總是感覺沒吃飽，所以被叫作「餓了」。

蘭卡

春天鎮鎮東牙科診所的助理，他曾兩次購買金色漿果。但這是劇毒，應該跟牙醫工作沒關係吧……

魔網

湯姆斯和在前面的餓了都停了下來，疑惑地回頭看了看海倫。

海倫拉着湯姆斯，走到了餓了身前。

「餓了，你再彈起來一下，不要向前，就在原地跳起來。」海倫的臉色很是緊張，有些焦急地說。

餓了不知道海倫這樣的要求原因是什麼，不過也沒有多問，縮成團，在地上彈了起來，隨後落下。

「看他的影子。」海倫指着餓了說，「他彈起來的時候，陽光一照，他的影子和身體是分離開的。」

「那當然，他又沒有站在原地。」湯姆斯說，「身體彈起來，影子自然和身體分開的。」

「可是昨天，利斯特鎮長給我們拿保命石的

時候，身體和影子也是分開的，似乎有一段距離，大概有幾厘米寬。嗯，應該是這樣的。」海倫說着，緊緊地握着拳頭。

「這是……」湯姆斯看看海倫，隨即瞪大了眼睛，「你的意思是說……利斯特是魔怪？」

海倫點了點頭。

「喂，你們在說什麼？我聽不懂。」餓了着急地跳躍着問。

「魔怪是沒有影子的。」海倫解釋說，「如果魔怪變化成人，那麼它就要多控制一個影子，這樣才能像人……昨天利斯特沒有離地，但是他的影子距離腳有幾厘米的距離，我疏忽了，沒有太在意，直到剛才看見你彈起時的身體和影子，我才想起來。」

「利斯特是個魔怪嗎？我沒有看出來呀！」餓了驚恐地大喊起來。

「他是怎麼變成魔怪的，我也不知道。」海倫沉重地説，「利斯特這個鎮長是人類，這一點是肯定的，春天鎮不可能讓一個魔怪去當鎮長，但是我現在的判斷，他是個魔怪！」

「我還想起來一點，海倫，你記得嗎？利斯特説蘭卡這樣的巫師很能打，很厲害；可是他先説過不認識蘭卡，那憑什麼説蘭卡就是個巫師呢？蘭卡也可能是個魔怪呢，在這樣的鎮子裏，改過自新的魔怪不可能去當鎮長，但一般的工作都是可以做的呀。」湯姆斯語速飛快地説。

「嗯，這點也很重要。」海倫點點頭，她忽然想起了什麼，「湯姆斯，那個保命球你帶了嗎？」

「帶了呀，這麼厲害的武器，是我們需要的。」湯姆斯説着把保命球拿出來，遞給海倫。

「如果這個保命球有問題……」海倫小心地拿着保命球，盯着它看，「那麼就證明利斯特一定有問題……」

「你的意思是……」湯姆斯看看海倫，「好，我有辦法擊發這個保命球……」

湯姆斯連忙帶着海倫走到街邊一個樹林裏，開始找大石頭。很快，餓了就發現了一塊將近半米高的大石頭，湯姆斯說這塊石頭足夠了。

湯姆斯把保命球放在大石頭旁半米多的地方，那裏有一塊表面和地面平行的小石塊，保命球被放在小石塊上，湯姆斯拉着海倫他們躲到了三十多米外。

「我用法術把那塊石頭飄浮起來，再砸保命球，壓力絕對超過二十公斤，你們捂好口鼻，要是它真的噴出迷霧，那我們有可能冤枉利斯特了。如果不是……。」湯姆斯說道。

海倫捂住了口鼻，餓了乾脆縮成一個團，湯姆斯指着那塊大石頭。

「起——」

大石頭像是從地下被拔出來一樣，它升高了五米，湯姆斯把大石頭移動到了保命球的上方。

起——
如果這個保命球有
問題，那麼利斯特
就一定有問題！

湯姆斯的手猛地一收，大石頭掉下去，重重地砸向保命球，「呯」的一聲，保命球被砸中，居然沒有被砸壞，大石頭砸歪倒在保命球的旁邊。

保命球抖了一下，隨即，它開了一個硬幣大小的圓口，裏面噴射出來一張白色巨網，先是覆蓋了周圍幾十平方米的範圍，隨後開始猛烈收縮，大石頭被巨網牢牢地包裹住了！

海倫已經放開了手，她看到保命球裏噴出來的不是迷霧。他們一起小心地走過去，湯姆斯拉了拉裹着大石頭的網線，然後鬆開。

「如果我們被圍攻，使用了保命球，那麼我們會立即被這張魔網纏住，我們就完蛋了！」湯姆斯說，「這完全是一個陷阱！」

「利斯特就是個魔怪。」海倫冷冷地說，「我想，在那診所門口，已經有很多魔怪等着我們過去呢……你一來這裏，就被跟蹤，還有人來旅館殺我；我們去聯合會，被一大羣魔怪、巫師圍攻，全是利斯特洩露出去的。」

「利斯特看到我們這幾次遇險都被化解了，他知道我們厲害，害怕那些在診所門口埋伏的魔怪和巫師對付不了我們，就給了我們這個什麼保命球，實際上是要抓我們的。」

「我們現在要好好找這個利斯特算算帳了！」海倫很氣憤，「一切的根源，就是這個利斯特，把他抓住，很多問題就解決了！」

「我們現在就去政務廳，把他抓住。」湯姆斯説，「要不要通知魔法師聯合會，和我們一起去？」

「先不要，我們拿上那個保命球，先問問他這是怎麼回事。」海倫緊皺着眉，「聯合會還有他們的事，憑我們兩個，抓住他沒問題，抓到他問清楚這一切，再通報給指揮中心。」

「還有我呢，我也很能打……啊，是很能刺。」餓了連忙説道，説着，牠開始弓起後背上的刺，「我插，我刺。」

「對，還有你。」海倫點點頭。

湯姆斯把網從石頭上拔下來，連同那個保命球，裝到了口袋裏，這種網很細，但是非常結實。他們一起向政務廳走去，一路上，兩個人都是怒氣沖沖，他們沒想到，利斯特居然是魔怪，他們執行的任務一開始就被破壞了。

很快，他們就來到了政務廳，此時已經八點多了，春天鎮政務廳已經開始辦公，利斯特應該也已經上班了。

海倫他們到了門口，看到一名女士，海倫詢問了她，女士説鎮長先生已經在辦公室了，應該是在會客。

海倫和湯姆斯直接上樓，餓了緊緊跟着。到了二樓，一轉彎就是利斯特的辦公室，利斯特的辦公室大門緊閉，裏面傳出來不大的聲音，聽上去像是有了爭執，但是聽不太清楚。

湯姆斯推門就想進去，被海倫一把拉住。海倫把手掌放在牆壁上，她開始使用魔法，裏面的聲音會通過手掌傳遞給她。

「……我叫你不要出去，聽見了嗎？現在你在我這裏，是最安全的。」利斯特的聲音傳來，「估計現在那兩個笨蛋已經進入伏擊圈了，這次他們跑不了的！」

「我又不去診所那邊，我就是在周圍找個地方吃點東西，在這裏坐着有什麼意思？」另一個人的聲音傳來，他的聲音細聲細氣的，「我已經很服從了，可我不能什麼事都聽你的！」

「你還服從？」利斯特叫了起來，「我告訴過你，不要使用電光和魔銃以外的魔法手段，我們現在在潛伏隱蔽階段，等我們完全掌控了這裏，趕走了魔法師聯合會，那我們才可以露面。可是你看看你！配置什麼掩護藥包，結果被找到了線索，人家順着化驗出來的接骨木金色漿果找到了你……」

「我有錯嗎？」那人似乎更加激動，「不使用掩護藥包，圍攻聯合會的時候，我當場就會被抓住，我是使用掩護藥包才能脫身的！還有，幹掉老哈里森的時候幸虧用了這個藥包，否則我就被他抓住了，要是我被抓住，就把你說出去，人家早就找到這裏了……」

「你還有理了……」

海倫收回手臂，她猛地推開了門。門裏面坐着兩個人，一個是利斯特，另外一個人很瘦，留着長頭髮。兩個人看見海倫和湯姆斯進來，都嚇了一跳。

「是蘭卡。」海倫腳邊的餓了小聲地說。

「噢，你們很沒有禮貌呀。」利斯特擺了擺手，他瞪着海倫，「我說，海倫小姐，你們今天早上不應該去診所嗎？你們昨天說的。」

「去診所幹什麼？鑽進你的圈套嗎？」海倫冷冷地問道。

「利斯特，這是什麼意思？」湯姆斯說着把保命球和絲綢掏出來，重重地放在了利斯特身前的寫字枱上。

利斯特臉色完全變了，他陰沉地看着海倫和

湯姆斯。

「喂，『皮爾遜』，你看看，魔網還是沒有抓到他們。他們跑了，那些埋伏的笨蛋應該也都被他們幹掉了。」蘭卡坐在窗台前的沙發上，他比畫着説，「看看，他們還找上門了。」

「你閉嘴——」利斯特對着蘭卡吼道。

「利斯特，噢，你應該叫皮爾遜？」海倫怒視着利斯特，「今天你跑不了！你要把這一切都給我們解釋清楚……」

「轟——」的一聲，利斯特猛地把整張寫字枱都掀了起來，寫字枱飛起來，砸向了海倫和湯姆斯！

第十章 雷頓的大計劃

湯姆斯上前一步，伸出雙拳，直接迎向飛過來的寫字枱，「啈」的一聲巨響，寫字枱當即斷為兩截。

「哇——」蘭卡驚呼一聲，轉身就向窗户跑，想跳窗逃走。湯姆斯一個縱身，跟了過去，一把就抓住了蘭卡，蘭卡回身一拳，湯姆斯用手一擋，隨即抓住了他的手腕，蘭卡慘叫起來。

海倫飛身上前，已經和利斯特打在一起，利斯特先是蹲下身，隨後原地旋轉，伸出腳去掃海倫，海倫連忙彈跳而起。利斯特掃空，他驚慌地看着飛躍起來的海倫，海倫居高臨下，一腳就踢了下來。

利斯特躲閃不及，肩膀被海倫踢中，大叫一聲後倒在地上。海倫落地後，又是一腳，狠狠地踢了過去，利斯特就地一滾，隨後起身。

「我插——」餓了身體縮成一個團，尖刺都向外立着，他飛向利斯特，「我刺——」

利斯特剛剛站定，餓了就飛了上來，利斯特看不清楚，只感覺有個什麼東西飛向自己，他連忙用手一擋，當即慘叫起來。

另一邊，蘭卡被湯姆斯抓住，他完全動彈不得，只是在那裏大呼小叫。湯姆斯看了看地面，發現了保命球上連着的那張絲網，他揪着蘭卡走了過去，揀起絲網，把蘭卡給牢牢地纏了起來。

「放開我──都是他指使的──」蘭卡哀嚎起來，「求你們了──」

湯姆斯把被捆住的蘭卡推到一邊，過去幫海倫。海倫這時已經把利斯特逼到了牆角，利斯特靠着牆壁，對着海倫甩出來兩道電光，海倫連忙躲過。利斯特見狀立即向窗户那邊奔逃，但被湯姆斯攔住了，利斯特對着湯姆斯也射出一道電光。湯姆斯不躲避，他手一伸，一道電光也從他手中射出，迎面對撞上利斯特射出的電光，「哢」的一聲，兩道電光空中相遇，發生爆炸，隨即消失。

利斯特嚇得倒退幾步，海倫衝上來，一拳打在他身上。利斯特幾乎被打得飛起來，撞到牆壁上，掙扎着站立起來；海倫飛上去又是一腳，狠狠地踢在利斯特身上。

利斯特直直地倒了下去，從利斯特的身體裏，一個白色的人形脫離了利斯特，飛了出來。這個人形飛出來後，立即變成了一個穿着白色罩袍的人，他的臉被連衣帽遮住。他飛身而起，向着窗户飛去。

湯姆斯縱身一躍，在半空中用雙手抓住了白色人形，把它拉到地面上。白色人形伸出兩根乾枯的魔爪，刺向湯姆斯，湯姆斯身體下蹲，躲過了攻擊。

「這是什麼怪物──」餓了大聲問道，牠對什麼都幾乎是仰視，似乎看見了白色人形的臉，「好像沒有眼睛和鼻子──」

海倫一腳踢上去，白色人形發出了一聲慘叫，身體撞在牆壁上，它半跪在地上，向海倫射出一連串的火珠。海倫剛想躲避，湯姆斯唸了一句魔法口訣，手變成鋼鐵般的暴風拳頭，並伸手去擋，火珠射在湯姆斯的暴風鐵拳上，全都飛了出去。

白色人形有些慌亂，湯姆斯的身體飛起來，一個俯衝，一拳打在白色人形肩膀上。它慘叫一聲，身體撞在牆角，隨即攤倒。

湯姆斯一腳就踩住白色人形，它掙扎着想爬起來，但是湯姆斯的力氣很大，它掙扎了幾下，隨即放棄了，開始在那裏喘粗氣，看上去已經放棄了抵抗。

海倫走過去，一把把白色人形提起來，令它坐在地上，隨後猛地掀開了它的連衣帽。

一個圓圓的頭顱露出來，這個頭沒有頭髮，沒有眼睛，沒有鼻子，也沒有耳朵，只有一張不大的嘴巴。

「無臉魔。只有一張能説話的嘴，嗅覺、聲音和圖像全憑它的魔法感知，也能達到擁有鼻子、耳朵和眼睛的水準。」海倫説着看了看湯姆斯，「它附體在利斯特身上了，看看，它現在沒有影子了。它附體利斯特後，一直控制着一個變化出來的影子，冒充人類。」

湯姆斯此時則看向地上躺着的利斯特，利斯特已經死了，無臉魔從他身體飛出來後，利斯特的身體就發黑了。

「你殺了利斯特，你殺了利斯特——」海倫搖着無臉魔的身體，怒吼道，「你冒充利斯特，你就是個魔怪——」

「我殺了利斯特，是的。」無臉魔嘴裏發出了聲音，它顯得有氣無力的，「你別搖了。」

門口，幾個工作人員，吃驚地探着腦袋，看着房間裏的海倫他們。

「你們的鎮長早已被害，被附體了。」海倫

看到了那幾個人，說道，「通知魔法師聯合會，讓他們派人來，幫我們把這兩個傢伙帶回去看押。」

有個工作人員匆匆去了。這邊，湯姆斯已經把蘭卡拖到牆角那裏，和無臉魔並排坐着。

「你應該叫皮爾遜。」海倫先是看看無臉魔，又看看蘭卡。

「沒錯，它叫皮爾遜，不是我們這個鎮子的，一切都是它唆使的！我不過就是跑跑腿，幫助它攻打一下魔法師聯合會。」

「你去殺了老哈里森。」叫皮爾遜的無臉魔對蘭卡說道。

「又不是我一個去的，夏克也去了。」蘭卡說道，「我一個人可對付不了那個老魔法師。」

「皮爾遜，你說，這一切都是怎麼回事？」海倫問道，「這一切都是你主使的？你殺了利斯特然後附體？你到底要幹什麼？佔領這個鎮子？殺掉所有魔法師？」

「不是我主使的，不是我！」皮爾遜叫了起來，不過它隨即又顯出一副猶豫的樣子，「我……我……」

「還不說，還不說——」餓了縮成團，直接跳在皮爾遜的身上，用硬刺猛插皮爾遜。

「啊——啊——」皮爾遜躲避着，「我說，我說了——」

「快說！從頭說——」湯姆斯喊道。

「是魔王雷頓的計劃，我們都是聽它的。」皮爾遜說。

「殺害了一百人、至今在逃的那個雷頓？」海倫急忙問。

「對，就是它。」皮爾遜點點頭，「它有個大計劃，要把十個像春天鎮這樣有魔怪和巫師生活的鎮子，完全變成魔怪鎮，由它來掌控。它先要把鎮子搞亂，讓魔法師和那些退休後來幫忙管理的魔法師都疲於奔命，這樣反對它的魔法師就算全都站出來，它也會一一殺害。魔法師被剷除乾淨後，它就接管全鎮，並且在鎮子設立城防堡壘，對抗人類的圍攻。它就是想把這裏變成一個魔怪基地。」

「那你是怎麼回事呢？」海倫問道。

「我……是它派到這裏的，就是它在這個鎮子的總代理，負責搞亂這個鎮子。」皮爾遜說，「我一來，就先聯絡兩個魔怪和兩個巫師，我知道那兩個魔怪根本就沒有變好，只是罪行輕而被釋放到這裏，兩個巫師也都不安分。我們一起行動，行兇搶劫，甚至去附近的紐卡素作案，故意留下魔怪作案痕跡，引起重視，鎮上的魔法師聯合會成員全都被調動過來，哈里森這樣的退休魔法師也參與抓捕我們，我們把他們一一確定了。雷頓命令我，殺害鎮長並且附體，這樣就能從內部掌握對手的動態，因為魔法師聯合會和鎮長是一夥的，會執行鎮長的指令，所以我就對付利斯特。他沒什麼法力，我很輕鬆就殺了他，然後就鑽進他的身體裏冒充他。」

「太惡毒了。」湯姆斯說，他看看海倫，「我們還冤枉利斯特，以為他是個壞傢伙。」

「我和湯姆斯來這個鎮子的消息，蘇格蘭場都透露給你了，因為他們不知道你已經附體利斯特了。」海倫點點頭，隨後瞪着利斯特問，「我們一進鎮你就派人暗算我們了！」

「是的。」皮爾遜說，「我必須除掉你們，蘇格蘭場派出的魔法警察對我們威脅太大。」

「原來是這樣，我進鎮前，上游下大雨，河水淹沒了橋，就繞路走了，所以沒有被跟蹤。」海倫說着看看湯姆斯，「你從橋上飛過去，走的是大路，所以被人跟着。後來我在旅館被偷襲，是因為我傻乎乎地找着皮爾遜，旅館還是他給安排的，所以馬上就有敵人來了。」

「是呀。」湯姆斯連連點頭。

「你們為什麼殺了哈里森？在旅館刺殺我的又是誰？」海倫把頭轉向皮爾遜。

「哈里森本來就在刺殺名單上，不久前我們

偷襲魔法師傑克，他幫忙解圍。我們有個巫師被他看到了面孔，其實應該沒看清，但是那巫師感覺不好，所以就派蘭卡和夏克去他家殺了他。」皮爾遜説，「刺殺你的是夏克，他是個巫師，我派去的。」

「嗯，還有，你們一直偷襲暗算魔法師，怎麼突然改變計劃，圍攻魔法師聯合會了？」海倫繼續問道。

「我派出的人沒有在鎮口堵住你們，偷襲你的夏克也失手了，後來我知道你和湯姆斯一起去聯合會，我想着正好把你們和聯合會全部幹掉，就決定冒險，組織了圍攻聯合會。」皮爾遜説，「沒想到你們太能打了，我們不得以，還氣化了即將被你們抓到的同伴。攻打聯合會我沒去，我在這裏等消息……」

正在這時，利斯特的手機忽然響了起來，那聲音非常急促！

第十一章 攔阻

海倫從利斯特屍體身上衣服的口袋裏拿出電話來，看了看。

「納爾是誰？」海倫把手機舉起來，給皮爾遜看。來電顯示上的名字是「納爾」。

「納爾，就是在診所門口等着幹掉你們的小隊頭，這次春天鎮上皮爾遜所有聯絡的魔法師和巫師，基本上都去了。」蘭卡一臉諂媚地說，「我告訴你們這個，你們會把我放了，對吧？」

「接電話！他們一定是等不到我們就來問了，你命令他們繼續等待！」海倫一把揪住皮爾遜的衣領，「不許耍花樣——」

皮爾遜拿過電話，哆哆嗦嗦地按下了接聽鍵。湯姆斯在一邊警惕地看着他。

「喂，納爾……我知道……」皮爾遜的聲音顫巍巍的，「你們再等一會，不要撤，他們會到的……」

海倫很滿意地點着頭。

「……啊，為什麼我的聲音不對？啊，我嗓子不太好，嗯，沒事，我很好……」皮爾遜說着偷偷把臉轉向海倫，這傢伙雖然沒有眼睛，但是完全能感知到一切事物、一切狀態。他忽然大喊起來，「啊——你們快跑——」

皮爾遜對着電話通報同夥前，湯姆斯已經伸手按下了通話結束鍵，他的手速極快，皮爾遜還在那裏對着電話喊叫。

「……我們都被抓住了！他們是魔法警察……」

皮爾遜發現空氣似乎凝固了，它察覺到湯姆斯已經把手機躲過去。

「它的通風報信沒有發出去。」湯姆斯看看海倫，「我就預料到魔怪沒那麼老實的……」

「你敢通風報信——」餓了又縮成團，跳在皮爾遜身上，開始跳躍，猛刺皮爾遜。

皮爾遜大叫起來。海倫把湯姆斯拉到一邊。

「這是一個機會，皮爾遜的那些魔怪巫師都在診所那裏……」

正説着，迪克會長帶着魔法師傑克走了進來，他們進來後，一臉驚異。

「會長先生，現在有個緊急的事，需要你把能找來的魔法師全都找來……」海倫拉住了迪克，急切地説，「你知道鎮東的那個牙醫診所吧……」

十五分鐘後，前往鎮東診所的路上，一共九名魔法師，包括三個早就退休的魔法師聯合會魔法師，在迪克帶領下，匆匆前行。隊伍的前面，還有海倫和湯姆斯。

長翅飛龍飛在空中，距離診所大概一公里，迪克叫大家一起躲進路邊的樹林。

長翅飛龍飛到高空，牠獨自向前飛去，過了大概五分鐘，牠飛了回來，落在了迪克的手臂上。

「一共九個壞傢伙，全都躲在蜜雪兒街路邊的樹林裏，那是去診所的必經之路，距離診所三百米，距離我們五百米。」長翅飛龍把牠從高空偵察到的情況告訴了大家。

「很好。」迪克點點頭，他看看大家，「我們一共有十一人，他們有九個，數量上我們還多

兩個，現在我們就過去包圍他們，爭取一網打盡……」

魔法師們在長翅飛龍的帶領下，慢慢地接近了那片樹林。距離樹林一百米，海倫帶着幾個魔法師向左包抄過去，湯姆斯帶着幾個向右邊包抄過去。

海倫他們到位後，海倫獨自向前，她在距離魔怪們二十米的地方停下。前面，有魔怪和巫師的聲音傳來。

「……走吧，都要十點了，那個叫海倫的不會來了，我們散了吧……」

「不行，剛才老大説了，要我們再等等。放走了兩個魔法警察，老大會宰了我們的……」

「納爾，你想留在這裏，就自己待着吧，我要回去了……」

「你不能走，你敢走——啊——我現在就宰了你——」

「啊——來呀——」

海倫看見，一個魔怪和一個巫師打了起來。正在這時，長翅飛龍突然飛上了天。

「進攻開始——」

説着，長翅飛龍對着地面那羣魔怪和巫師就吐出一枚火珠。

海倫他們聽到約定好的指令，立即衝出，對

面湯姆斯和幾名魔法師也衝了出來。

內訌的魔怪和巫師嚇壞了，他們正在發愣，海倫衝上去，一拳就打倒了一個巫師。

湯姆斯等從對面衝過來，湯姆斯打倒了一個目瞪口呆的魔怪，迪克抓住一個巫師，用準備好的繩子當場就捆住了他們。

幾個魔怪開始抵抗，長翅飛龍在半空中飛來飛去，大聲助戰。

「好——老傑克打倒了一個魔怪——打得好——喂，地面上就那隻刺蝟不努力——」

「你才不努力，就在上面高高地看着——」餓了指着長翅飛龍，不高興地喊道，「沒看見我已經餓了，沒力氣了——」

抵抗的魔怪和巫師很快就被打倒，長翅飛龍依舊在半空中巡視戰場。

「喂——喂——有一個跑了，向診所那邊跑了——」聽到長翅飛龍的聲音，迪克和海倫立即向診所方向追去。

逃跑的是納爾，魔法師們的數量還沒有構成絕對優勢，他向兩名魔法師射出連續的電光後，轉身就逃。

迪克看到了五十米外的納爾正在逃跑，並射中了一個魔法師，另外一個魔法師連忙去救助。迪克奮力去追，很快就追上納爾，伸手就是一拳，把他打倒。納爾爬起來繼續跑，海倫縱身一躍，高高飛起，她落在了納爾的前面，擋住了納爾的去路。

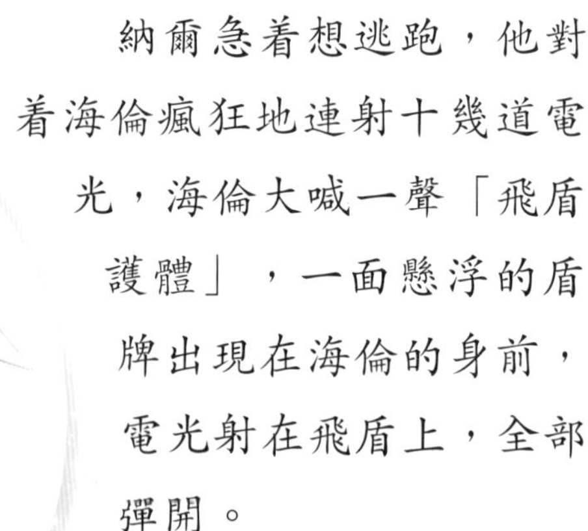

納爾急着想逃跑，他對着海倫瘋狂地連射十幾道電光，海倫大喊一聲「飛盾護體」，一面懸浮的盾牌出現在海倫的身前，電光射在飛盾上，全部彈開。

納爾一驚，海倫衝上來，一腳就把他踢倒在

地。迪克上前，踩住了納爾。

現場的九個魔怪和巫師，全部被抓住，無一漏網。隨後，大家立即前往四個沒有在現場的魔怪和巫師家，抓住了他們，整個春天鎮上，作怪的魔怪和巫師全部被抓住。

就在海倫他們前往抓捕的時候，一個散發着綠色熒光的小球，在五百米的高空，極速地飛往北方……

經過審訊，海倫和湯姆斯得知，魔王雷頓是一個大無臉魔，它的手下一共有十名小無臉魔，皮爾遜就是其中一個，但是皮爾遜説自己沒有見過雷頓，雷頓都是用資訊球向它發出指令。雷頓一直在讓小無臉魔出來執行自己的任務。

掃清魔怪的春天鎮，似乎是煥發了青春，天空也變得藍了。

三天後。海倫和湯姆斯帶着餓了，向鎮外走去，他們要去總部接受抓捕雷頓的任務安排，迪克把他們送出鎮。

「……目前看應該是沒什麼問題了，但是我總是擔心。」迪克邊走邊說，「最大的魔王雷頓，具體在什麼位置都不很清楚，皮爾遜只是說在蘇格蘭那邊……」

「放心吧，總部那邊，匯總了一些資訊，應該能明確指出雷頓的位置。」海倫說道，「那麼，你就送到這裏吧。」

「多保重，感謝你們的幫助。」迪克連忙說。

鎮外，他們告別。鎮外的那座橋，由於雨水停止，河水正常，也露了出來。

「就是這裏，當時這座橋被水淹沒，我就飛進鎮了。」湯姆斯過了橋，有些感慨地說。

「要是我就麻煩了，我可不像你們會飛來飛去的。」餓了說。

「我可以教你呀。」湯姆斯說道。

「可以，看你付給我多少錢……」

「什麼，我教你還給你錢？」

他們説着話，走進了樹林深處。他們不知道的是，五個無臉魔，就在不遠處的地方。

海倫他們要穿出這片樹林，到外面的大路上去。

一陣微風吹過樹梢，樹枝微微搖擺。忽然，微風加劇，變成了大風。

〈第1冊完〉

〈第2冊繼續旅程〉

下冊預告

大戰憂傷谷

兩位新任魔法警察海倫和湯姆斯，以及硬要加入的魔法刺蝟「餓了」，得悉大無臉魔——雷頓的身分後，繼續展開調查之路。

怎料春天鎮外森林中，卻是險象橫生，他們馬上受到一眾無臉魔的包圍，還誤闖「憂傷谷」，而陷於絕境。

這時候，一個海倫似曾相識的大鼠仙現身了。他有辦法幫助眾人逃出生天嗎？

緝捕大魔王之路，一站比一站兇險！

④ 古堡迷影

穿越到十一世紀的圖林根，解開古堡「魔鬼」之謎！究竟城堡裏發生了什麼事？

⑤

穿越到新石器時代，追捕被通緝的「毒狼集團」成員，卻被一個騎着豬的大將捉住了……

⑥

穿越到公元前 55 年的斯塔比亞城，解救被「毒狼集團」綁架意大利投資家！

⑦ 百年戰場上的小傭兵

穿越到 1415 年法國阿金庫爾鎮東面的尚松森村，追捕「毒狼集團」意大利地區首領，卻被誤會為僱傭兵……

⑧

穿越到銅器時代的一個地中海小島追捕「毒狼集團」成員，卻被村民綁了起來，用作試驗「登月計劃」！

⑨

穿越到十七世紀的加勒比海，追捕毒狼集團成員「加西亞」。怎料在路途中遇上海盜，一場加勒比海大戰一觸即發！

⑩ 與莎士比亞絕密緝凶

穿越到 1577 年的史特拉福鎮，緝拿毒狼集團成員「加雷斯」，拯救被挾持的少年莎士比亞！

⑪

穿越到三千多年前的邁錫尼文明時期，追捕毒狼集團慣犯庫拉斯，竟陷入特洛伊戰爭的險境之中……

⑫

穿越到 1886 年的比利時安特衞普市，保護世界頂級畫家梵高的名畫，阻止毒狼集團的偷畫奸計！

各大書店有售！ **定價：HK$65/ 冊**

異域搜查師1

奇異新拍檔

作　　者：關景峰
繪　　圖：紙紙
責任編輯：黃楚雨
美術設計：李成宇
出　　版：新雅文化事業有限公司
香港英皇道499號北角工業大廈18樓
電話：（852）2138 7998
傳真：（852）2597 4003
網址：http://www.sunya.com.hk
電郵：marketing@sunya.com.hk
發　　行：香港聯合書刊物流有限公司
香港荃灣德士古道220-248號荃灣工業中心16樓
電話：（852）2150 2100
傳真：（852）2407 3062
電郵：info@suplogistics.com.hk
印　　刷：中華商務彩色印刷有限公司
香港新界大埔汀麗路36號
版　　次：二〇二三年四月初版

ISBN : 978-962-08-8192-3

18/F, North Point Industrial Building, 499 King's Road, Hong Kong
Published in Hong Kong SAR, China
Printed in China